なこはる　著

雷帝のメイド

イラスト　ヤスダスズヒト

プロローグ

今日よりナナキ

――――拝啓、お母様。

世界は素敵なのだと、お母様は私にそう言い聞かせてくださいました。世界を憎んではならない、世界を肯定できるような人間になりなさいと。

その御言葉を胸に、お母様が居なくなってしまった世界でも私は努力致しました。並々ならぬ努力を致しました。理不尽を糧に、苦境を乗り越え成長を。けれど、それでもまだ足りないようなのです。今の私にはもう道が見えないのです。

「お願いしますナナキ様ッ!!　どうかッ!!　どうか武装を解除してくださいッ!!」

どうか導《しるべ》を、この愚かな娘に導を頂けないでしょうか。

世界を肯定する努力を致しました。世界を肯定できるだけの強さを身に付けました。でもそれは全て勘違いであったのです。信じたものも、己の誇りも、全て紛《まが》い物であったのでしょうか。

「ご、五帝の皆様はまだ来られないのか!?　我々だけでナナキ様を止められるわけがッ……ぐああッ!?」

「五帝の一人であるナナキ様が何故この様な凶行に及んだのですか!? お答えくださいッ!!」

何がいけなかったのでしょう。今の私には何もわからないのです。

お母様はこうも仰いました、ナナキは特別な人間なのだと。だから多くの人の役に立ちなさいと。

私も自分は特別なのだと、お母様が亡くなってからしばしの歳月を経て自覚を致しました。ですから、より多くの人々の助けになろうとこの帝都でその力を振るったのです。

民は喜んでくれました。同胞たちは慕ってくれました。

それなのに、何故――

「外道に堕ちたか、雷帝《らいてい》ナナキ」

何故、仲間であった彼らから剣を向けられるのでしょう。

「私が外道、ですか。剣帝《けんてい》シルヴァ」

「足下を見よ。同胞たちの屍《しかばね》で出来たその道が人の道である筈がなかろう」

「いいえ、これは人の道です、シルヴァ。それぞれが道を進み衝突した結果なのです。彼らはただ、弱かった」

「汚い心だ」

ああ、剣帝シルヴァ、武帝《ぶてい》ライコウ、炎帝《えんてい》エンビィ、天帝《てんてい》サリア。共に五帝と称され肩を並べ、背中を預け合った彼らと何故対峙しなければならないのか。

「予言は正しかった。お前はここで逝け、雷帝ナナキ」

もう、彼らの中に私の存在はないのだと。

世界は素敵だと言ったお母様のお言葉を疑ってしまう。私がいったい何をしたというのか。帝都のために尽くし、帝都に仇なす賊を討ち払ってきた。それなのに、それなのに予言などと、そんなあやふやなものの一言で私の世界は変わってしまった。

「油断するなよシルヴァ。子供とはいえ我ら同様に五帝が一人」

「わかっている、たかだか十六のガキに四人がかりとは情けないが……こいつは化物だ」

「なんせ十二歳であの氷帝《ひょうてい》を決闘で破ってるからね。舐めてかかればこっちがやられるよ」

「エンビィ、あれは決闘ではないわ。あれは虐殺、あの氷帝が為す術もなく当時十二歳の子供に殺されたのよ」

敵意に溢れるこの世界は本当に素敵なものなのでしょうか。私が世界から否定されるのは、私が世界を肯定できていないからなのでしょうか。ああ、お母様。もう貴女の温もりも微《かす》かなものとなってしまいました。思い出せないのです、あの時の幸せが。

もう、十分に努力致しました。

どうかこの不肖の娘をお許しください、お母様。私は元より、愛する母を奪ったこの世界のことが好きではなかったのです。ずっと誤魔化し続け、胸で燻《くすぶ》る黒い感情を消せないでいるのです。私はこの世界を愛せない。

失望されたでしょうか。

ですが、もうしばらくだけ、私をお母様の娘で居させてほしいのです。どうか、あと一度だけ。

私の力でも届かないその場所から、醜く足掻く娘を、ナナキを見守っていてください。

「ああ、世界よ――――さようなら」

私は彼らと同じ世界を愛せない。だから変えよう、自分の世界を変えよう。今必要だったのは別れなのだとようやく気付くことができた。さようなら、好きになりたかった世界。どうやら嫌われているようだから私は行くよ、愛せる世界を探しに。

「おいで――――〝イルヴェング＝ナズグル〟」

一緒に別れを歌おう。そして祝ってほしい、愚かなナナキを。

「ナナキイイィィィ――――ッ!!」

シルヴァの怒号が聞こえた。彼は激昂《げきこう》していた。五帝とまで称される比類なき力で私を討とうと神速とも呼べる速度で私に肉薄し、全てを断つというその剣を私に振り下ろそうとしている。私は帝都を想う彼の優しい強さが好きだった。でも、お別れをしないといけない。

「ぐッ!?　間に合わなかったかッ!!」

「下がってシルヴァッ!!」

「帝都の中心で神を降ろすなんて……!!　なんてことを……」

「武装顕現じゃないぞ……本体を呼びやがったッ!!」

神話の雷《いかずち》、イルヴェング＝ナズグル。漆黒の雷神は優しく私を包んでくれた。そうだね、あの日も君は慰めてくれた。君を倒してしまった私なのに。

「これが……神話の雷……ッ!?」

「神界戦争時代に百の神を殺した怪物だ、全員で降ろすしかないッ!!」

「こんな怪物を単騎で討ったというの……ナナキは……」

「そうしなきゃ契約は結べないでしょ。これが全力か……ったく、実力隠してたなこの子」

ただ本気を出せる相手がいなかったというだけの話だ。だって、五帝の皆は仲間だったから。でも今はもう互いに戦うしかない状況になってしまっている。この四人は本当に強い、だから私も探しにいくために全力を出さないといけない。

「行こう、イルヴェング＝ナズグル」

◇

前略、お母様。

ナナキは旅に出ます。どうか祈っては頂けないでしょうか、この不肖の娘のために。ナナキも見てみたいのです、お母様の仰った素敵な世界を。力及ばず、私はお母様の愛した世界を肯定することはできなかったのです。だから、探しに行ってまいります。

「今までお世話になりました、シルヴァ」

「……化物……め……」

「陛下や皆様にもお伝えください、どうかご自愛くださいますように、と」

「追いかけてくるなという脅しだろうが……」

「本心です」

帝国騎士の外套《がいとう》はシルヴァにそっと掛けてお返しした。これで私はもう、ただのナナキとなった。

ふと見上げた空を、蒼い鳥が誘うように飛んでいく。

幸せは西にあるのかもしれない。

今日より世界は生まれ変わる。

いいや、生まれ変わったのはきっとナナキだ。

なればこそ、愛せなかった世界の皆様も、愛したい世界の皆様も、そこにいる貴方も、そこにいる貴女も、どこか遠いところから私を見ている皆々様も、どうか拍手を。

そして共に祝って頂きたい。

「――――ハッピーバースデイ、ナナキ」

第一章

月下に出会う君をヘッドバット

――幸せの蒼い鳥に誘われて、なんて。

そんな詩的な表現ができるくらいには、心に余裕ができた。

まだ見ぬ愛せる世界を探し、ナナキは今日も旅をしていますお母様。コトコトとゆるりと進む荷車に揺られ、この美しい蒼の空を見上げています。ああ、空だけならこの世界は美しい。発展する現代において、馬が引く荷車に揺られるという情緒はナナキの心を癒します。頑張れお馬さん。

あれから三日、どうやら帝国からの追手は今のところ掛かってはいないようです。

ともすれば、この穏やかな時間が続くまでの間、ご報告を致したいのです。敬愛するお母様が亡くなってからの私を。お母様が消えてしまった世界には幸せはありませんでした。苦難だけがありました。とても難儀致しました。ですから少しだけでもいいのです、どうかナナキを褒めてくださ い。

お母様の言うように、ナナキは特別だったのです。

十歳の頃、神様に出会いました。驚いてください、彼《か》の有名な神話の雷、イルヴェング＝ナズグルです。神界戦争が終わり千年と聞きますが、神が人を支配していた時代は終わり、人が神を支配する時代です。それはそれは熾烈《しれつ》な戦いでありました。

笑ってください、私はただの一度も祈らなかったのです。人は神に祈るものなのに。どうしても思ってしまうのです、都合が良いと。必要な時だけ祈るそれは、果たして誠意なのでしょうか。私が神様ならそんな人は踏みつぶしてしまうかもしれません、天誅。

死闘の果てにイルヴェング＝ナズグルを討ち、私たちは友と呼べる間柄になりました。お喜びくださいお母様、この不肖の娘にも生涯の友が出来たのです。やはり私は特別なのだとお母様の言葉を思い出したものです。けれど、特別なのは私だけではありませんでした。

そう、先日袂を分かつこととなった五帝の皆様です。彼らもまた、神を使役する超越者だったのです。大陸最強の五人、その栄誉ある席にこの身が選ばれたことを誇らしく思ったものです。その大恩に報いるべく、ナナキは帝都のために尽くしました。

けれど、たった一言の予言でナナキは帝国の敵となってしまったのです。

――私は、世界を滅ぼすのだそうです。

◇

遥か昔の街並みが残る貴族の都、フレイライン。

綺麗に舗装された石畳の道を行く荷車の上で、流れていく古《いにしえ》の風景に目を奪われてしまう。色鮮やかな赤煉瓦の屋根が並ぶ美しい街並み、帝都で作られる魔力の練りこまれた建築材とは違う、石造りの建造物。

この目に映る全てが新鮮で、まだ少し沈んでいた心が小さく跳ねた気がした。

「お嬢さん、フレイラインは初めてかい」

荷車の心地良い振動に揺られながらその古く、けれど新鮮な風景を眺めていると、お馬さん共々この街までナナキを乗せてくれた御者の小父様が口を開いた。帝都から遠く離れ、傷心のままとぼとぼと歩いていたナナキに声を掛けてくれた優しさにいつか報いることができると良い、そう思う。

「ええ、美しい街ですね」

「なに、ただ古いだけの街さ」

小父様はそう言いつつも、どこか嬉しそうな声だ。きっとこのフレイラインという街が好きなのだと思う。人が空を飛べるこの時代に馬車が行き交うこの街に、私が愛せる世界はあるだろうか。

初めまして紳士淑女の皆々様、ナナキです。諸子の身の上ではございますが、お邪魔致します。

「お嬢さんは何をしにフレイラインに？」

「笑ってください、幸せを追って参りました」

「ふむ、聞いたらまずかったかね」

「本音ですよ」

「ハハハ、そうか。なら、掴めると良いね」

気持ちよく笑ってくれる小父様にナナキもまた笑うことができた。

「まあ、幸せなんてもんは生きているうちに見つかればいいもんだ。騎士さ……お嬢さんはまだまだ若い、急ぐこたないんだよ」

少しだけ慌てた様子で言い直した小父様に、申し訳なさが募る。優しさの滲む気遣いを受け、その大きな背中にそっと頭を下げた。

五帝に与えられる紋章入りの外套はシルヴァに御返ししたが、黒衣に金縁のサーコートに白銀のガントレットとグリーヴは健在。五帝に与えられる特注品の装備は嫌でもナナキの存在を物語る。

それでも、小父様がナナキの事情に触れることはなかった。その優しさに甘えてここまで来てしまった。頃合いだろう、もう十分に癒された。この三日間、安全に過ごせはしたが追手が掛かっていないと判断できるものでもない。この優しい人を巻き込むのはナナキの本意ではない。

「どうもありがとうございました、小父様」

「なに、助け合いだよ」

馬車の荷車から降りてしっかりと頭を下げた。言い間違えた手前か、少しだけバツが悪そうにしていたけれどそれは小父様の落ち度ではない。

「ありがとうございました」

だからもう一度、しっかりとお礼を告げた。

「ああ、元気でやりな！」

向けられた笑顔は人当たりの良い素敵な笑顔だった。だから私もそれに倣《なら》おうと思って、できる限りの最高の笑顔で別れた。ありがとう小父様、ありがとうお馬さん。おかげ様で至福の時間でありました、いつかこの御恩を返せる日が来ることを祈ります。どうかその日までお元気で。

お世話になった馬車を見送ってから、すぐに人気《ひとけ》のない路地へと潜り込みガントレットを外した。恐らくだけど、サーコートだけならば少し裕福な娘くらいに見える筈なのだ。となると問題はこの物々しいガントレットとグリーヴ。ナナキとしては裸足でも構わないけれど、それは逆に目立つ。本末転倒は望むところではない。妥協点としてはやはりガントレットを外すあたりだろうという結論に至った。外したガントレットは盗まれてしまわないように路地の建物の屋根の上に置いておくことにする。

これにて準備は完了。両手を広げてこんにちは、初めまして新世界。ナナキが来たよ。

「さて」

今のナナキはただのナナキ。愛する世界を探すにしても、先立つものがなければ旅には出られない。五帝との死闘があったために私の財産は全て帝都の自宅に置いたまま。このまま無為に過ごせば今日は綺麗な月夜を見上げながら就寝しなければならないだろう。

それもいい。お母様が亡くなってからはしばらく大自然の中で必死に生き抜いたものだ。また大地に触れるのも悪くない。

けれどナナキももう大人と呼んでも差し支えないくらいの年齢になっている。大人であるのならば、大人の行動をとらなければいけない。差し当たり、今日を凌《しの》げる程度の日銭を稼ごう。ここは貴族の都、巨万の富が昼夜を問わずに動き続けていると聞く。

職の一つや二つ、そこいらに落ちているのだろう。ご心配をなさらないでくださいお母様。この程度のことは苦難ですらないのです。どうか大船に乗ったつもりでこのナナキを見守っていてください。いえ、泥船であってもいいのです、船が沈んだのなら泳げばいいのですから。そう思い、誇りを胸に踏み出した新天地での一歩。

思い出したのは綺麗な茜色の空が消えていく頃だった。

ナナキ泳げない。

◇

「月が綺麗ですね」

気付けば夜の帳《とばり》が下りていた。こんばんは御月様、ナナキです。ご機嫌はいかが。

結局は暗がりの路地で、薄布を敷いた冷たいコンクリートの上に寝転がることと相成りました。

大人と呼んでも差し支えないと申し上げましたが、世間から見ればナナキはまだ子供のようです。

全て門前払いにあってしまいました。

一つだけ採用してくれるという職もあるにはあったのですが、娼館でした。ナナキは誇り高きお母様の血統を守り抜くために路地のコンクリートを選びます。できれば褒めてください。でもたまには叱ってください。今日はお母様の夢を見ようと思います、温もりが欲しいから。

それでは、おやすみなさいませ。お母様。

「へへっ、やっぱり昼のお嬢ちゃんだぜ」

「すげえ上玉じゃねえか、今夜は良い夜になりそうだぜ」

ナナキ早起き、褒めてくださいお母様。

貴族の都といえども、不貞の輩《やから》はどこにでもいる。ああ、せっかく新しい日々を満喫していたのにこれでは台無しだ。こんな世界は愛したくない、人は人に優しくあるべきだ。それともこの二人は冷たい路地で眠るナナキに手を差し伸べてくれるのだろうか。

「やあお嬢ちゃん、突然で悪いけど俺たちと遊ぼうや」

「忘れられない夜になるぜえ」

差し伸べられたのは下衆の手だった。切り落としちゃうぞ。

イルヴェング＝ナズグルが呼べ呼べ俺を呼べと猛《たけ》っている。けれども友よ、この二人は君が手を下すまでもない。どうかナナキを信じて任せてほしい。というか君は人間に厳しすぎる節がある。もう少し慈愛の心を持ってみると良い。

これでも元五帝、相手にとって不足がありすぎる。何だその素人丸出しの歩みは。少しばかり蹴り飛ばしてやれば懲りるだろうか。あと一歩でも踏み出せば二人の顔はブサイクになる。元がそれでは取り返しがつかないかもしれないが、どうかナナキを恨まないでほしい。

おや、よく見ればその顔には見覚えがあるように思う。大きな鼻にたるみのある身体、荒い息。そう、豚に似ている。良いじゃないか、ナナキは豚が嫌いではない。人として見ないのであれば豚に似た存外に可愛らしい顔をしているじゃないか。少し愉快、褒めてあげようと思う。この豚共。

「へへへ……────へ？」

けれど、彼らがもう一歩を踏み出すことはなかった。

ブヒヒと笑う彼らの目の前に黒い雷が落ちるのを見た。さすがのナナキもこれを止める術はない。すぐに両耳を指で塞いで数歩だけ下がった。

途端の衝撃と轟音はナナキの身体を少しだけ浮かせるくらいのもの。黒き落雷を受けた路地は衝撃だけであらゆるものを吹き飛ばした。飛んでくる煉瓦やガラス、果てには吹き飛んできた二匹の豚を躱《かわ》す。鮮やかなるナナキステップ、称賛してどうぞ。

「────ひっ!?　ひぃいいいいいッ!?」

「ば、ばけものッ……!!」

今のを生き残るとは大した運だ。大事にすると良い。

「さて？」

本来であればあのような不貞の輩を見逃すことはないのだけど、罰は十分に受けたように思う。

何より、あの二匹よりも先に咎《とが》めなければいけない存在が居る。そうだろう、友よ？

まったく、なんてことをするんだ友よ。ナナキを信じてと言ったのに。なに、当ててない？　慈愛の心？　わかっちゃいないな、イルヴェング＝ナズグル、君は何もわかっちゃいない。君の慈愛で私がヤバイ。

御覧なさい友よ。

今の激しい閃光と雷鳴でこの美しい夜の世界に人工の光が灯っていくだろう。これはね、こんな夜中に何事だオラァという人間の怒りそのものだ。そして覚えておいでだろうか、私は一応追われる身だということを。フレイラインに雷が落ちた、聞く人が聞けばナナキだとわかるだろう。

それに私は明日も諦観せずに日銭を稼ぐつもりでいるんだ。つまりは、この街の人間の怒りを買うわけにはいかない。夜中に雷を落とした私を誰が雇ってくれるというのか、友よ反省してどうぞ。

ああ、なんたることだろう。この特別なナナキが、お母様の娘であるナナキが先ほどの二人同様に尻尾を巻いてその場から逃げ出すことになろうとは。人が来る前にこの路地を脱し、更なる暗がりへ。かつての大自然での仇敵《きゅうてき》、ネズミをリスペクト。

全速前進、面舵《おもかじ》いっぱい。

――――路地を全速力で駆け抜け右に曲がれば、そこに王子様が居た。

月夜に照らされた輝く黄金の髪に蒼星石《ラピスラズリ》の瞳。路地を曲がって王子様に出会うなんて、もしかしたらこの世界は物語なのかもしれない。驚きの表情を浮かべる王子様、咄嗟の出来事にも拘《かか》わらず、それだけの所作にも気品がある。

けれどごめんなさい、王子様。

ナナキは急には止まれない。

「ぐおッ!?」

許して。

就職には頭を使え
私の生きる世界が物語の世界だったのなら王子様は華麗に私を抱きとめてくれたのかもしれない。

けれども月明かりの美しいこの夜空は紛れもない現実のもの、黄金の髪をした王子様のその胸にナナキの頭が突き刺さると苦悶の声が漏れた。

「ぐおッ!?」

飛距離、およそ三メートル。

大変です、お母様。ナナキの頭突きは存外に凶悪でした。

慌てて彼に駆け寄った。私のように帝国騎士として日頃より鍛えていたのならいざ知らず、何の鍛錬も行っていない一般の人が三メートルも宙を舞う頭突きを食らって無事なわけがない。最低でも肋骨粉砕、最悪心肺停止まで十分に有り得る。

慌てる私を余所《よそ》にイルヴェング＝ナズグルは心を込めて私を馬鹿にしていた。何がヘッドバットナナキだ、ちょっと語呂がいいからって得意気になるな。事の発端は君じゃないか、ナナキは五割しか悪くない。

「私の頭が申し訳ありません！　お身体は大丈夫ですか!?」

「だ、大丈夫だ……」

返事があった、まずは一つ安心。けれど声はとても弱々しい、呼吸も苦しそうだ。どうか許してほしい、今から許されるための誠意をお見せしよう。それでダメならば必死に頭を下げよう。ナナキは悪いことをした、このままではお母様に顔向けできない。

「失礼します」

一言断ってから彼の上着を破いた。傍《はた》から見れば私は痴女だろうか、はしたない。甘んじて受け入れるより他にない。彼の胸に手を当て容体を探る。

やはり肋骨があちこちに出張している。先ほどの大丈夫だという言葉はなんだったのかと問い詰めたい衝動に駆られてしまうが、ここは彼の強がりを立てて治療を優先しよう。ナナキ以外の人間は弱い、だから無理をしてはいけない。

「少し痛みますが、そのまま強がってください」

「……俺は強がってない」

なら遠慮なく。

正直に言って、ここまで肋骨がパラダイス状態だと普通の魔法では治せない。けれど大丈夫、私の魔法は余所とは違う。それを証明するためにも、力を貸してほしい友よ。

人知の及ばない力を持つ神と私は友人関係にある。だからこそ、私たち五帝は呼ばれるのだ、超越者と。神を従えるには、その人知の及ばない力に打ち勝たなければならないからだ。

最初は渋っていたイルヴェング＝ナズグルもやがて私の頼みを聞いてくれた。ありがとう友よ。私は優しい君が好きだ。だから私も君が好きでいてくれるナナキで在りたいと思う。でもそれはそれとして、やっぱり納得いかないから言わせてもらうけど今回の引き金を引いたのは君だ。

治療をしている間、私は心の中で友と罵《ののし》りあった。

◇

敬愛なるお母様、人生とは往々にして上手くいかないものなのだとナナキは本日学びました。若かりし日のお母様もそうであったのでしょうか。それとも、ナナキの力不足でしょうか。帝都に尽くそうと思えば敵対し、日銭を稼ごうと思えば門前払いにあい、ネズミをリスペクトすれば王子様を頭突きました。どうすればお母様のようなお人になれるのでしょうか。

最近では失敗ばかりを重ねてしまいます。どうか教えては頂けないでしょうか。これが甘えなのは重々に承知してはおりますが、これまでの苦難を乗り越えた娘に褒美を頂けないでしょうか。ただ一度だけでいいのです、ナナキはまたお母様に甘えたいのです。

わかっております、まずは目の前のことを全て終わらせてからだということも。ですがそれはそれとして、丈夫な身体に産んで頂けたことを深く感謝致します。ナナキの頭は元気です。

「この度は大変なご迷惑をおかけしまして誠に申し訳ございませんでした」

平伏叩頭《こうとう》、大地にヘッドバット。

「ああ、気にしないでくれ」

「ですが」

「それより、君の頭は大丈夫か？」

人間の言葉は難しい。彼が私の心配をしてくれているのは十分にわかる。なんて紳士的な人なのだろう。けれども、その心配がどちらの意味で心配してくれているのかはわからなかった。とりあえず、ナナキの頭はどちらの意味でも大丈夫だ。心配してくれてありがとうございます。

「おかげ様で」

「なら良かった」

出来た人だなと。突然殺されかかったというのに、その相手の心配ができる人はそうはいない。何よりも不思議なのはその声音からまったく怒りが感じられない。どころか、とても落ち着きのある心地の良い声音だ。お母様、ナナキは不思議な人に出会いました。

「大変に申し上げにくいのですが、今は日銭にもことを欠く有様でして。お詫びになるものを用意することができないのです」

彼を善人とナナキは断定する。だからこそ、その善意に甘えるつもりはない。それはナナキの誇りが許さない。だからありのままを伝えた。恥とは恰好ではない。恥とは財産ではない。恥とは、今ここで善意に縋《すが》り嘘をつくことだ。

「詫びなんていい。それと、頭を上げてくれ。膝もつかなくていい。女性にそんな真似をさせたら父に顔向けできない」

「ですが私は母に顔向けできません」

これればかりは譲れない。非があるのはこちら。お心だけ頂いておきますジェントルマン。

「……わかった。なら一つ、話を聞いてくれ」

「お伺いします」

少しばかりの沈黙の後、彼は折れてくれた。心の中で深く感謝、笑ってるイルヴェング＝ナズグルにヘッドバット。

「実は今、少しばかり困っていることがある」

ナナキにだろうか。

「付き人を探しているんだが、俺の家は没落寸前の弱小なんだ。この街には貴族なんてごろごろと居る。給与も薄給と呼べるだけの額しか用意できない。そんな家に仕えたいと思ってくれる人はそうそう居なくてね」

卑下している、というわけではなさそうだ。ありのままを話しているのだろう。その証拠に彼は先ほどと何一つ変わらない表情で話を続けている。

「日銭にもことを欠く、と言っていたから話だけしてみた。でも正直、恩に着せるみたいで気乗りはしないんだ。貴族社会っていうのは見栄が何よりも大事なものでね、それが用意できるか用意できないかで立場がガラッと変わってしまう。元より大層な立場ではないけどな」

お母様、この道は愛せる世界に繋がっていますか？

「二つ、問わせてください」

「聞こう」

確かめて参ります。どうか見守っていてください。

「私はフロスト帝国の元五帝、雷帝ナナキと申します。その事実を知って、私を雇用することができますか」

「構わない」

一欠片《かけら》の動揺も見られなかった。

「帝都で何があったかはご存じですか？」

「知ってるよ。大勢亡くなったらしい」

またも即答。

「では――――」

既視感がある。私は彼の存在に覚えがある。

「帝国からの追手が現れた際に、貴方は私を見捨てることができますか」

彼は善人だ。

だからこそ、最後にこれだけは問わなければいけない。でもどうしてだろう、私には彼がなんて答えるかはわかっていた。

ああ、そうかこの人は――

「見捨てるよ」

――お母様に似ている。

表情をまるで変えず、穏やかなままに彼は即答した。彼はずれている。このどうしようもなさが酷《ひど》く懐かしい。涙が零《こぼ》れそうになる。だって、似ているから。私にも、お母様にも。

この世界に噛み合ってないのだ、致命的なまでに。まるで鏡、このどうしようもなさと懐かしさに心が潤ってしまう。失ってしまったものが目の前にあるかのように。

「お名前を――我が主《あるじ》」

お母様、この道が正しいのかは私にはわかりません。後悔をすることも、きっとあるのでしょう。でも人は正しく在っても後悔をしてしまう生き物なのだと思います。ですから、ナナキはこの道を進もうと思います。ここには、お母様の面影があるのです。

いつまでも甘えん坊の娘でごめんなさい。いつまでも心配をかけてごめんなさい。いつまでも頼りない娘でごめんなさい。

――行って参ります。

「ゼアン・アルフレイドだ」

誇り高きメイドナナキちゃん

どうだろう、似合うだろうか友よ。

支給された給仕服に袖を通し、与えられた部屋に備え付けられている姿見の前に立つ。

上等な生地が使われているであろう着心地の良いワンピース、クラシカルな長い裾には可愛らしい白のフリル。少し可愛すぎる気もしたのだけど、同じく純白のエプロンを付けてみれば綺麗な白と黒のコントラストが出来上がった。可愛らしいと思っていたフリルの印象はどこかへと旅立っていった。御達者で。

去っていく違和感を見送った後に残るのは、実に見栄えの良い従者ナナキだ。最後に付ける白のカチューシャはナナキの黒曜の髪と相性抜群。鏡に映る天使に裾を摘まんでご挨拶。こんにちは、ナナキです。友よ聞いてほしい、従者かと思ったらナナキは天使だったよ。エンジェルナナキ。

姿見に映る自分の顔にお母様の面影を見る。きっと、お母様が給仕服を着ればもっと綺麗なのだろう。でもナナキだって負けていない筈だ。その証拠に見てほしい、このぴょこりと跳ねたチャーミングな髪の毛を。これこそがナナキのチャーミングポイントである。凛々しさの中にぴょこりと生えるこの愛らしさ、お母様とはまた違う魅力がある筈だ。うん？　アホ毛？　ナナキのチャーミングポイントに対してそんな不名誉な呼び方はやめなさい友よ。誰がアホだ叩きのめすぞ。

友の軽口に同じようにして返しながら、くるりと回って最後の確認。この給仕服は以前に勤めていたメイドのものらしく、少しばかりサイズが大きいが誤魔化せる範囲だろう。鏡に映るナナキはどこからどう見ても立派な天使だ。間違えた、従者だ。

今日より私は雷帝ナナキ改め、我が主ゼアン・アルフレイドに仕えるメイドのナノキ。

敬愛なるお母様、ナナキはお母様の言う通り多くの人の役に立とうと努力致しました。けれど、どうやら帝都という宝はナナキには大きすぎたようです。なればこそ、初心に戻りまずはたった一人の役に立とうと思います。出来の悪い娘を叱っていただいて構いません。ナナキはそれを糧と致します。

お母様への宣誓を終え、自室を出た。昨夜、大変な無礼を働いてしまったにも拘わらずナナキを雇用してくださると言うゼアン・アルフレイド様の御部屋へと向かう。この身の境遇を知った上での雇用、更には正式な雇用前にこの屋敷に一泊させて頂けた。これは大きな恩だ、しっかりと返さなくてはいけない。

張り切ってお部屋の扉を叩いた。

「入ってくれ」

入室の許可を頂いてからドアノブを回した。従者の所作には詳しくはないが、幸いにもナナキの傍《そば》にも帝国給仕と呼ばれる人々が居た。彼女たちの所作を思い出し、見様見真似で頭を下げた。

「お待たせ致しました、我が主」

「気にしなくて良い、よく似合ってる」

「ありがとうございます。ですが粗《あら》がないのであれば口に出さなくとも良いのです。私などに気を遣う必要はありません」

ナナキは彼の従者。主たる彼に気を遣わせては本末転倒。弱小とはいえ貴族であるのならば貴族らしくあるべきだ。誇りを持たない人間をナナキは好まない。誇りがないのであれば、誇りを持てばいい。けれど誇りを持たない人間はただの動物だ。

「振りはする。けど暴君であろうとは思わないんだ。ここは人前ではないからな。他の貴族がそうであるように、俺には俺の振る舞いがある」

「ご立派です、良き主」

芯があるのであればそれで構わない。誇りを持つタイミングは彼が決めればいい、ナナキが決めることではない。彼が私にとって好ましい人物であってほしいというのはナナキの願望だ。出しゃばってはいけない。良き主に相応《ふさわ》しい、良き従者となれるように努力しよう。

「それにしても、雰囲気があるな。元五帝なら俺よりも上の立場だったろうに」

「帝都の王宮で働いていた者たちを参考にしております」

「なるほど、帝国給仕の」

彼女たちの所作を思い出すのに苦労はしない。戦闘とは方向性が違うとはいえ、その所作は洗練されていた。極められた動きというのはそれだけで記憶に残るものだ。今はまだ見様見真似ではあるが、ナナキはこの身に誇りを持っている。すぐに追いついてみせる。

「メイドとしての心配はなさそうだが、一応様子は見させてもらう」

当然だろう。我が主と出会ってまだ一日。たったの一日でナナキを理解したと言われても呆れてしまう。まずは用いてほしい。そして認めて頂く。

我が主は机の上にあった小さな鈴を鳴らした。透き通るような綺麗な音色が響く。良い音色だと、少しばかり余韻を噛みしめているとやがて扉をノックする音が聞こえた。先ほどまで庭先で感じていた気配だろう。なかなかに移動が速い。

「入れ」

「失礼致します」

一言の断りを挟んで入室してきたのは背の高い男性だった。二メートル近くあるだろうか、大きな体軀を包む綺麗な燕尾服。なるほど、従者が良い恰好をしているだけでも確かに見栄えは良い。栗色の髪に琥珀《こはく》の瞳。その琥珀と目が合った。正式な挨拶はまだだ、頭を下げる必要はない。

「なるほど、肝が据わっておられる」

「だろう。あとはメイドとして使えるかどうかだ。試してくれ」

「かしこまりました」

主からの信頼が見える。相応の人物なのだろう。ナナキも負けてはいられない。

「当家の執事長を務めております、リドルフと申します」

「ナナキと申します」

名前だけを告げて腰を折れば、リドルフ執事長はほう、と声を漏らした。

「よろしく、とは言わないのですね」

「言われてもいないので、まだ雇用の段階ではないのだと判断します」

我が主ゼアン・アルフレイド、執事長リドルフ、両者からまだよろしくという言葉は頂いていない。これは持論だが、その言葉は未来を約束する言葉だ。今この場で使うべき言葉ではない。それが彼らにどのように映ろうとも、ナナキは己の誇りを優先する。

「主人のことを主と呼んでいるようですが」

「落胆させるつもりはない、ということです」

言い放てばリドルフ執事長は少し驚いたように目を見開き、笑った。

「ハハハ、これはこれは……」

「どうだ、一筋縄ではいかないだろう?」

「そのようです。まったく、大したお人を連れてこられたものだ。試す立場のこちらがひやりとしましたよ」

「相手は元五帝だ。それを知って高圧的に出られるお前も十分に大したものだよ」

二人は楽しそうに笑っていた。少しばかりの疎外感を覚えれば、イルヴェング＝ノズグルが慰めてくれた。ありがとう友よ、ナナキもこの輪に加われるように努力するよ。だからもしナナキが挫《くじ》けそうになってしまったその時は、こうしてまた励ましてほしい。

「さて、顔合わせも済んだ。今からリドルフに――――」

「――――お待ちください」

我が主であるゼアン・アルフレイドの言葉を私は遮った。この行いは良き従者とはとても言えたものではない。けれど、謝罪の前に確認しなければならない。友よ、準備を。

「もう一人おられるようですが、その方は？」

瞬間、我が主と執事長が顔を見合わせた。

「――――ご命令を、我が主」

「殺すなよ」

即断即決、お見事でございます。

行くよ、イルヴェング＝ナズグル。

ナナキは特別な人間、お母様の言葉は正しい。人が分を掛けて歩く距離をこの身は秒も要らない。人が空を飛ぶこの時代、人であるこの身が雷となって駆けることはなんら不思議なことではない。だというのに、その不届き者は私の存在に酷く動揺しているようだった。

「なッ……どこからッ!?」

屋根の修繕でも行っているのかと思えば、まさか賊だとは思ってもみなかった。早くより存在に気付いておきながら、なんたる失態。償いは迅速であるべきだ。

「……ッ!!」

なるほど、素人ではない。

不届き者は構えをとった。突然に現れた私への動揺も常人よりは短い。深く被っているフードから覗く髪の色は茶。未だ動揺は消えずとも、その琥珀の瞳には既に戦闘の覚悟が見える。顔立ちも気になるところではあるが、その顔は布によって意図的に隠されていた。これでもかという賊の風体、というには些《いささ》か恰好が奇妙とも言える。

長い外套によって隠されてはいるが、ひらりとそれが舞った瞬間を見逃すナナキではない。その賊が身に纏《まと》っている衣服には見覚えがあった。ナナキの記憶違いでなければこれは帝都の魔法学院の制服。

さて、いったいどういうことか、などとは思わないことだ。そんなことはナナキにとってはどうでもいい。ナナキは従者としてこの不届き者を捕まえる。それだけのことだ。

どうやらこういった行いは一度や二度ではなさそうだ。その証拠に目まぐるしく動かしている目線は逃走経路を確認しているように見える。であれば、この誇りにかけて信賞必罰を明らかに。主に益ある者には祝福を、主に害ある者には鉄槌を。

「――――えッ」

そこそこに鍛えられているし、才能も感じる。けれども構えが悪い。型が悪い。重心が悪い。備えが悪い。何よりも相手が悪い。そして不届き者、貴女が悪い。不届き者の驚愕の声は己の肺から溢れる空気によって遮られた。気が付けば打ち付けられていた、そう感じたことだろう。

「ただいま戻りました」

不届き者を捕まえ、迅速に主の部屋へと戻る。私の高速の移動は常人には耐えられないだろうから魔法でその身体だけは守ってあげた。お母様、ナナキは人を思いやれる人間に育ちました。褒めてください。

「……疾風迅雷とはこのことだな」

お母様じゃなくて主に褒められたよイルヴェング＝ナズグル。なに、メイドの仕事ではない？なるほどもっともだ、友よ君は正しいことを言える素敵な神様だ。だけどナナキは君にも褒められたい。だから褒めていいよ。

「な、なにが……」

ようやく呼吸が落ち着いたのか、酷く咳き込んでいた不届き者は声を発した。最初の声で気付いてはいたが、やはり女性のようだ。問答無用でその顔を隠す布を取る。初めまして、ナナキです。

「あッ!?」

素顔にご挨拶をしてみれば、存外に可愛らしい声が漏れた。顔に巻かれた布の下から出てきたのは綺麗な顔立ち。歳の頃もナナキとそう変わらないように見える。少し赤みの掛かった茶髪に琥珀の眼。何となくナナキの育ったあの森に居た虎たちを思い出す。命名、不届きタイガー。

「……見た顔だな」

はあ、とため息を吐《つ》く我が主と何やら複雑そうな表情を浮かべ沈黙するリドルフ執事長。どうやら何か事情がある様子。とはいえ、ナナキが口を挟むことではない。決定は主が下すものだ。

「放してやってくれ」

元々押さえ付けたりはしていないため、逃がしてやれということだろう。よろしいのですか、と問うような真似はしない。主の決定だ。それに、彼女であれば脅威にはなりえない。

「……ッ」

不届きタイガーは一瞬だけ申し訳なさそうな表情を浮かべ、すぐさま部屋の窓から飛び出していった。まだ万全ではないだろうに、ナナキ以外の人間は無茶をしてはいけない。

しばし部屋に沈黙が漂ったが、やがて我が主はふう、と息を吐き出してから言った。

「いずれ話す」

お待ちしております。

友に拍手を求めてはならない

——拝啓、お母様。

僅《わず》か三日という短い期間ではありましたが、ナナキは無事に旅を終え新しい居場所を見つけることが叶いました。この居場所が私の愛せる世界に繋がっているのかどうかはまだわかりませんが、それでもナナキはこの道を前に進もうと思います。

先日は、人生とは往々にして上手くいかないものだと、ままならないと弱音を吐いてしまいました。お詫び致します。ですがどうか見守っていてください、ナナキは敬愛するお母様の娘として相応しい人物になれるように精進致します。

きっとまだまだ長い月日が掛かるのでしょう。やはりナナキはまだまだ子供だったのです。お母様から生を授かり十六年、人生を語るには早すぎました。この未熟な娘をお笑いください。ですが、やはり期待もして頂きたいのです。娘とは、そういうものなのです。

図々しくも期待して頂けていると思い、今日という一日も努めて参ります。また近いうちにご報告申し上げようと思います。どうかその日まで安らかにお眠りください。

「おはようございます、リドルフ執事長」

「おはようございますナナキさん。よく眠れましたか？」

「快眠です」

「それは何より。昨日はご苦労様でした。メイドの仕事ではありませんが、助かりました」

「恐縮です」

屋敷の窓からはうっすらとした明かりが差し込んでいる。時間は早朝、静かな朝の中でリドルフ執事長と朝の挨拶を交わした。結局昨日は例の騒動で私の適性を見る場は改められてしまった。それが幸か不幸かと問われればどちらでもないとナナキは答える。

ナナキはいつでもナナキだ。時と場所を選ぶようでは二流、いついかなる時も主人のために備えがあるメイドこそが一流。友よ、なんだその何か言いたげな顔は。確かに本から得た知識だが、書物とは学ぶためにあるものなんだ。

「ナナキさんには朝食の時間まで清掃をお願いします」

清掃、なるほどメイドの基本だ。思い返せば帝都の自宅も腕利きのメイドの皆様によって常に清潔な空間が保たれていた。

「まずはこの部屋をできる限りで構いませんので進めてください」

簡単な説明と道具の場所、そして仕事場を手早く紹介された。徹底的に無駄を省いているのだろう。そうしなければ回らないほどの激務なのか、或いはリドルフ執事長の性格か。

「ではまた後ほど」

一方的であるのは当然だ。ナナキは試されている。必要な情報は全て託されているのだからリドルフ執事長が足を止める理由は何一つない。しかし、リドルフ執事長はナナキをわかっていない。この采配は妥当ではない、ナナキは特別な人間だ。

仕方がないことだ、リドルフ執事長はナナキを知らない。新人のメイドに宛がう仕事場としてはまずまずの案件なのだろう、しかし侮ってもらっては困る。意識を改めてもらうためには証明するより他にない。どうぞ覚悟をして頂きたい。

清掃に与えられている時間は朝食の時間まで。教えられた時間割と照らし合わせてみればそれほど時間的に余裕はない。よろしい、電撃戦はナナキの得意とするところだ。限られた時間に最高の結果を出す、特別なナナキであれば造作もない。

この身は雷の如く速さも出せれば空を飛ぶこともできる。超越者にだけ許されたこの動きで最高の効率を叩きだす。速く、より速く、しかして丁重に、丁寧に。天井、壁、窓、家具、調度品、床、次の部屋へ。個人の部屋を清掃するには許可が要る、よって主によく使われるであろう部屋から優先的に片づける。

部屋が終われば次は廊下、そして玄関だ。この二つは来客があればまず目に入る重要な場所、この二つだけは少しばかり念入りに清掃していく。専用の道具の説明は既に頂いている、何の不自由もなく清掃が行えた。

普段から清掃がしっかりと行われているのだろう、そこそこに綺麗だ。けれど、やはり手間の掛かる天井やシャンデリアには埃《ほこり》が溜まっている。綺麗好きなナナキはこれを許せない、迅速に排除すべし。人ならざる速さは制御できるのであれば便利なことこの上ない。さすがナナキ、立派なメイド。

廊下と玄関が終われば次は厨房や居間、食堂といきたいところだがリドルフ執事長の気配は厨房にある。恐らく朝食の準備だろう。調理中に埃を巻き上げてはメイドの名折れ、ここは居間を優先しよう。時間を確認すればまだ猶予はある。

雷帝改めメイドナナキ、推して参る。

◇

「すごいことになってるな」

「ええ、私も驚きました」

我が主と執事長の感嘆の声、誠心誠意努めた甲斐があるというもの。一切の手抜かりをなしに、ナナキはその実力を披露した。特別な人間であることに誇りを持つのであれば、特別な様を見せつけなければならない。人それを矜持《きょうじ》と言う。

「あまりすごいことをされても給与は上げられないぞ」

「お構いなく」

給与の問題ではなく、ナナキの誇りの問題なのだ。雨風を凌げる部屋、日々の糧を頂けるだけでナナキは感謝する。

「朝食はリドルフか、いつもの味だ」

「ここまで早く掃除が終わるとは思わなかったので。まだ料理の手腕は見れていません」

「期待しておこう」

我が主が食事を終えた後、執事長と二人で手早く朝食を済ませる。先ほどの話題からして、次はナナキの料理の腕前を披露する時間となりそうだ。その証拠にとても美味しい朝食をリドルフ執事長は少量しか取らなかった。ナナキの料理を味見するからだろう。

朝食を終えたら素早く洗い物、時間にしておよそ二分といったところ。後ろから覗いていたリドルフ執事長はその大きな目を丸くしていた。心配しなくても丁寧にやっています、ご安心ください。でも結局は指で確かめていた。その後に花丸を頂けたから良しとしよう。

「それではナナキさんの料理の腕を見させてもらおうと思います。これも本来はメイドの仕事ではないのですが、当家では人数が少ないのでできる部分は分担しようということですが、もし不満があれば聞いておきます」

「特には。取り掛かります」

貴族と言えばお抱えの料理人が居たりするものなのだろう。けれどナナキはそういう部分に詳しくはないので別段と気にならない。仕事量の話であればできる人間が多く働く、自然なことだ。そこに給与の話が加わるのであれば気にするのも無理はないのだろうけど、ナナキは金銭にそこまで執着しない。

お母様が亡くなってからしばらくは大自然の中で生き抜いた。あそこではお金なんて何の役にも立ちはしない。人間に必要なのはその環境で生き抜く術だ。それがお金だというのならナナキ以外はそうしたらいい。蛇は寸にして人を呑む、ナナキは特別なのだ。

それでは証明に入るとしよう。ナナキよりもずっと大きな冷蔵庫の中身を覗く。中にはナナキが見たことのない食材がたくさんあった。きっとそこそこに高級なものなのだろう。だけども、ナナキはこの手の食材の調理法を知らない。であれば、知っている食材を捕ってきてしまえばいいのだ。

「リドルフ執事長、少し出かけて参ります」

「何か足らないものでも？」

その通り。幼少期のナナキの主食にして、我が主をヘッドバットした事件の元凶。

「ネズミを捕まえて参ります」

「お待ちなさい」

止められた。

「ナナキさん、ネズミは食べられません」

「食わず嫌いはよくありません、リドルフ執事長」

「わかりました、ナナキさん。人は、ネズミを食べません」

ちょっと何言ってるかナナキわからない。

ネズミは食べられる。彼らネズミは凄まじい勢いで繁殖するが故に、大自然の中では貴重な食料だ。とはいえ、ネズミとは賢い生き物だ。数十倍の体躯を持つ人間が相手でも、寝込みを襲うなどして齧《かじ》ってくる。天敵であるフクロウですら、目の利かない昼を狙って殺すほどに狡猾《こうかつ》なのだ。

しかし、如何にネズミが賢かろうとナナキはより賢い。襲ってきたネズミは全て完食してやった。そして賢いが故に学ぶことのできるネズミはナナキを避けるようになった。大自然の中で、ナナキは王となった。

「一口食べてもらえればご理解頂けると思うのです」

「はい、理解しました。食事は私が担当します」

完全否定の極みを見た。

結局、リドルフ執事長には聞く耳を持ってもらうことができず、ナナキは食事の担当からは外されてしまった。お母様、やはりナナキは出来の悪い娘です。

その後は洗濯や他の家事などを一通りこなし、結果は明日通達するということで解散の流れとなった。与えられた部屋に戻り、寝具に身を投げ出した。疲れはまるでない、帝国騎士の激務と比べればこんなものはなんてことないのだ。

どうだっただろうか、友よ。ナナキは立派にメイドとしての役目を果たせていただろうか。もし君の目にそう映ったのだとしたら、友よ、拍手を。
――庭に雷が落ちた。
……なんてことをするの、友よ。

震えるナイトハート

あれから一週間が経ちました、お母様。

ナナキは無事に我が主ゼアン・アルフレイド様のメイドとして認められ、人前に出ても恥ずかしくないようにリドルフ執事長ご教授の下、勉強を重ねました。そして本日、ようやく我が主のメイドとして人前に出ることが許されたのです。褒めてくださいお母様。

ナナキは学んだのです、友に拍手を求めてはならないと。あの日の友の拍手が残した爪痕は後日ナナキがしっかりと処理致しました。やはりナナキが褒めてもらえるのはお母様しかいないのです。友は少し拗《す》ねてしまいましたが、ご安心ください。私と友は仲良しです。

「さて、今日から学校にも同行してもらうわけだが……」

我が主が通う魔法学校へと向かう馬車の中で、歯切れが悪そうに切り出した我が主。つい先日までは我が主が学生だということも知らなかったナナキだが、このように居心地の悪そうにする様は初めて見た。もしやナナキに何か不安があるのでは。

「私に何か不安でも?」

そう思うのなら聞けば良い、簡単なことだった。ナナキが悪いのならそれを直せばいいだけのこと。馬車の中で向かい合う主に笑顔で尋ねた。

「いや、そうじゃない……わけでもないんだが」

「ならば仰ってください。私は我が主のために努めます」

私とイルヴェング＝ナズグルのように心で通じ合えるのならともかく、人と人とでは声にしなければ伝わらない。如何《いか》に特別なナナキでも主の心の中までは見えないのだ。

「最初に言ったように、俺の家は弱小だ。それが原因でナナキの前の付き人は嫌がらせを受けて辞めてしまった。多分ナナキにも手を出してくると思う」

「問題ありません、お任せください」

「かと言って大事にはしたくない」

「心得ております」

ナナキへの不安かと思えば、心配をしていてくれた。ありがとうございます、良き主。ですがご心配には及びません、ナナキは強いのです。弱小という立場故に大事にしたくないということも理解している。ナナキは主の力になりたい。

「あとはそうだな……一人だけ、あからさまに絡んでくる奴がいるがナナキは……」

「リドルフ執事長より聞き及んでおります。私が介入するのは我が主の身に危険が及んだ時だけです」

「それで頼む」

正直に言えば自分の主が悪く言われているのを黙って見ているのは忍びない。けれどもそこでナナキが出しゃばったところでどうにもならないのだ。立場を弁《わきま》えて耐え忍ぶのみ、本当に辛いのは我が主本人なのだから。

少しばかり陰鬱《いんうつ》とした空気となった車内。それを吹き飛ばすのは学校到着の報せ。馬車を先に降りて扉を開き、主の手を引いた。普通は男女逆なのかもしれないが、ナナキはメイドだ。これで正しい、筈なのにたったこれだけの時間で何やらずいぶんと視線を感じる。

ナナキは自分の所作に自信がある。ということはこの視線は主を快く思っていない皆々様の視線だろう。初めまして、ナナキです。諸子の身の上ではございますが、我が主ゼアン・アルフレイド様のメイドをしております。できれば仲良くしてください。

「……騎士を連れてる方もいらっしゃるようですが」

主の後を慎ましく歩きながらも周囲を見回せば、どうにも素人ではない人間が多く目につく。先ほどの陰鬱な空気を長引かせないためにも会話を試みてみた。

「騎士を連れてると金持ちに見えるだろ？」

「なるほど、騎士様もお暇なようです」

「ハハハ」

笑ってくれた。ナナキはお役に立てましたか？

少しだけ心配もしたが、どうやら見渡せる範囲には帝国の騎士はいないようだった。となればここに居るのは帝国騎士の試験に落ちた地方の騎士たちか。どうやって生計を立てているのかと思えば、こうして貴族たちの見栄の道具にされていたとは。剣が泣いているだろうに。

「しかし帯剣しているのは気になりますね」

「心配しなくても滅多なことはないさ。彼らは大人だ」

と、主が言うのでナナキは今起こっている滅多なことについては伝えないでおいた。今は登校の時間、だというのにどうして先ほどから多くの人とすれ違うのだろう。そちらは校門ですよ。

一言で状況を表すのなら、ナナキ大人気。

さっきからすれ違う人がナナキに手を出してくる。手癖が悪いので少し躾《しつ》けてあげようと思う。素早く手を出してくる地方騎士。なるほど、素人であれば気付かないまま胸元のボタンを取られてしまうだろう。だけど私はナナキ、君と握手。相手はぎょっとした表情を浮かべて固まってしまった。ナナキと握手できたのだから喜んでほしい。

次から次へとすれ違う。その度に伸びてくる手をぺしぺしと叩き落とす。敬愛なるお母様、お母様によく似たこの容姿のせいでしょうか、ナナキは大人気です。

最後の人は何やら自信がありそうな表情で悠然と歩いてきた。すれ違う瞬間、伸びた手はなるほど、確かに今までの人々より格段に速い。大変良くできました、そんな君にはナナキからプレゼント。相手の手を取ってそっとボタンをプレゼントした。それは今さっきまで君の胸元に付いていたものだよ。

相手は自分の胸元を確認するや否や、脱兎の如く校門の方へと走っていった。遅刻するよ。

それにしてもここまで地方の腐敗が進むとは、ため息が出る。

「……帝国騎士になれないわけだ」

道具どころか尻尾を振るとは、恥を知ると良い俗物。

「何か言ったか？」

「いいえ」

お口チャック。

◇

「ねえゼアン君、どこで拾ってきたのさこの美人なメイド」

「路地から飛び出てきたよ。危うく死にかけたが」

「ふーん、本当のところは教えたくないんだあ。おかしいなあ、もうアルフレイド家なんかに仕える奴はいないと思ってたのに」

「本当のことさ」

紛れもない事実だよ、と思わず言ってしまいそうになる。

教室に足を踏み入れればとても意地の悪い顔をして主に絡んできた青年。彼が件《くだん》のヴィルモット・アルカーンだろう。きっちりとネクタイを締めて学生服を着こなす主とは正反対に、ネクタイもせず、ブレザーも前を開けたままでいる。品位の欠片も感じない、だらしのない着こなしだ。どうやら事前に聞いていた通り、家柄を盾に好き放題をやっているらしい。その家柄に尻尾を振る貴族の皆様も、ヴィルモット・アルカーンの後に続いて主とナナキを取り囲むようにしてやってきた。

「ねえゼアン君、このメイドさん俺にくれない？　すごい好みなんだ」

それは酷く低俗で、不躾な視線だった。なるほど、気分の良いものではない。ましてや相手は主の家よりも格上の貴族、ただの従者であれば雰囲気に飲まれてしまうのかもしれない。登校時、主が心配していた理由が少しだけわかった。

「本人に聞いてみれば良い。俺は従者の色恋沙汰に口を出すつもりはないよ」

「ということらしいけど、どう？　俺の愛人にならない？　幾ら？」

耳が腐りそう。

まるで品定めでもするかのようにナナキを見る下衆に視線を向ければ、とても邪悪な笑顔を見た。珍しくもない金髪碧眼にそこそこ整った顔立ち、身に着けている貴金属の数々はどれも派手なものばかり。まるでこれ見よがしの富。いや、事実そうなのだろう。

「どう？　俺の女になる？」

ただただ鬱陶しい。けれども嫌な顔をするわけにもいかず、張りぼての笑顔でご容赦ください、

とだけ伝えた。人間とはかくも醜くなれるものなのですね、お母様。

「ご容赦ください、じゃないでしょう。俺、アルカーンの長男だよ？」

手を摑まれた。

さて、どうしよう。主が絡まれた時の対処は命じられたが私が絡まれた場合は想定していなかった。この貧弱な手を捻《ひね》りあげるのは容易《たやす》いが、主は大事にはしたくないと言っていた。かと言ってナナキの貞操をこんな低俗な人間にくれてやるわけにもいかない。

「――――おやめください」

救いの手は意外なところから現れた。

「は？」

アルカーンの長男は不快そうな声を上げて声の主を睨んだ。それもその筈、彼女はヴィルモット・アルカーンの従者だ。

「今お前が言ったの？　従者が？　主の俺に？　なあ？」

ヴィルモット・アルカーンは私の手を放して自分の従者のもとへと向かった。汚いから拭いておこう。

「お前何考えてんの？　誰が金払ってんの？　なあおい、言ってみろよブス」

なんとまあ口の悪い。矢継ぎ早に悪口を並べ立てるその姿は私の目には人間には見えない。これが貴族、なんと醜いことか。仕えたのは自分の意志なのだろうから同情はしない。けれど、助けてくれたことへの感謝だけはしよう。ありがとうございます。

「恥かかせやがって！　なんとか言えよおいッ！」

「――――私にはッ!!」

大きな声だった。

「貴方を守る義務があるのですッ!!　ですからおやめくださいと申し上げているのですッ!!」

さすがの暴君も呆気に取られたのか、口をパクパクと動かしながら固まっている。

「な、何を……」

「いいから私の後ろへッ!!」

勇敢なる騎士に称賛を。

貴族の道具として成り下がる者をナナキは騎士とは認めない。けれど誇りを忘れずに臥薪嘗胆《がしんしょうたん》の心で今を生きているのなら、その誇りに免じてナナキは許そうと思う。

――――ナナキに対して構えたことを。

「……どうか慈悲を頂きたい」

声も身体も震わせて、騎士は慈悲を乞うた。けれど、その姿勢は今にも抜剣できる臨戦態勢。彼女は優秀だった。ナナキは何もするつもりはない。だけど、たとえ何があったとしてもその剣だけは抜かないでほしい。私は誇りを持っている人間が好きだから。

「……」

ふと視線を感じれば、主が無言で何かを訴えている。ナナキは首を横に振った。ふりふり。

勘違いされては困る。ナナキは本当に何もしていない。ただ、彼女が優秀だったのです我が主。

ですが言いたいことはわかります。どう収拾を付けるのか、ということでしょう。何の心配もありません、我が主。もうすぐそこまで来ているのです、収拾を付けられる人物が。

「何をしている。席に着け」

教師とは偉大なり。

愚は踊り勇は立つ

教師の入室と共に、それぞれの従者たちは教室から退室していく。ナナキもそれに倣い、無言で抗議の視線を向けてくる我が主に一礼をしてから退室した。主からの説明が正しければこれからおよそ三時間ほど、休憩を挟まずに授業があるとのことだ。それが終わったら弁解しよう。それはもう粛々《しゆくしゆく》と。

およそ三時間の間にナナキがすべきことは、校舎内の構造の把握。これはメイドというよりは帝国騎士の癖ではあるが、有事の際に地理がわからないでは話にならない。従ってナナキは迅速にこの校舎、並びに周辺の地理を確認しようと思う。

そんな暇ではないナナキの前に、三人の騎士が立ちふさがった。

どの顔にも見覚えがある。先ほどヴィルモット・アルカーンの取り巻きをしていた貴族たちの従者だ。表情は一様にして得意面、悪びれる様子もなく笑っている。なるほど、アルフレイドのメイドなど取るに足らぬと言うわけだ。そしてそのレッテルを貼ったのは名も知らない前任者、貴女なのだろう。良いよ、ここから先はナナキが引き継ごう。

「お待ち頂きたい」

お断る。ナナキは忙しい。

制止の声に笑顔で応答ナナキスマイル。三人の騎士の横を通り過ぎれば彼らはしばらく固まり、我に返ると同時に声を荒らげた。

「なっ……!? ま、待てと言っているッ!!」

「貴様ッ、無礼だろうッ!!」

立ち止まらないとは思ってもみなかったのだろう。節穴笑止、このナナキが止まってやる必要がどこにある。前任者にはそれで足りてもこのナナキにはまるで届きはしないぞ。このナナキを見誤る節穴と語ることなどある筈もない。まずは目玉を取り換えてくると良い、話はそれからだ。

「お、おいッ!?」

「な、舐めやがってッ!」

ナナキの前に我が主に仕えていたメイドはこういった嫌がらせを当たり前のように受けていたのだろう。相手は貴族やそれに仕える誇りなき騎士、さぞや心が折れたことだろう。

だけど、その現状をただ受け入れていたのなら、それは脆弱だ。

人には意志がある。それを伝える術がある。言葉にするのでも、行動でもいい。顔も知らない前任者、貴女はその努力をしただろうか。意志を貫けなかったのなら、それは弱さだ。弱者は強者に助けを求めるべきだ、それは恥ではない。傍に強者が居なかったのなら、それを探す努力はしただろうか。

主は言った、前任者は嫌がらせを受けていたと。たとえその原因が主にあるのだとしても、従者が主に心配されて何とする。

「止まれと言ってい――――うおッ!?」

拝聴せよ、ナナキは強者である。

彼らがどれだけ怒ろうと、どれだけ持っている技術の全てを尽くそうと、その手がナナキに触れることはない。彼らがナナキの歩みを止めたいのであれば、膝をついて頭を下げなければいけない。あの教室で唯一その胸に誇りを宿していた騎士を見習って、許しを請わなければいけない。

「な、なんでっ……!!」

「こいつちょこまかとッ!!」

強者は悠然と歩み、弱者は道化の如く踊る。友よ、ナナキは間違っているだろうか。いいや、聞くまでもない。ナナキは正しい、ナナキが正しい。この身が敬意を尽くすのは我が主ただ一人。誇りを持たない虫に誰が敬意を払うというのか。ナナキには虫の言葉はわからない、人の言葉を話せ俗物。

「止まれと言うにッ……!」

止まらない。

「人の話を……ッ!」

人ではない。

「この無礼者ッ!!」

鏡はあちら。

ナナキは敬愛するお母様から誇りを学び、大自然に生きるための強さを学んだ。君たちは誰から何を学んだ。その立派な体軀は、その品質の良い剣は何のために用意した。その答えも持たない愚か者は愚か者らしく踊っていればよろしい。

笑ってもらえればそれは幸運だ、喜んでいい。ナナキの笑わせたい人は、もうこの世界にはいない。どこにもいない。もう会えない。だからナナキは強いんだ。誇りを捨てたのなら恥など持つな、這いつくばって生きていけばいい。お似合いだ。

「おの……れ……ッ!?」

「いい加減にしろッ!!」

「このおおおッ!!」

かくして、愚か者たちは踊る。手を伸ばし、足を動かし、時には魔法を行使してでも。楽曲もなしに踊る彼らにナナキは歌をあげた。昔、愛する母がよく口遊《くちずさ》んでいた歌だ。さあ踊ると良い、ナナキは特別だから仕事をしながらでもしっかりと見ている。

「～♪」

この歌は、母に届くだろうか友よ。

◇

授業の終了を告げる鐘の音に誘われて駆けつけてみれば、そこにはナナキをジト目で睨み付ける主の姿。これはいけない、これでは主のせっかくの顔立ちが台無しだ。主のために、状態の改善を図ろう。すなわち弁解の時間、張り切って参りましょう。

とはいえ教室の前でナナキの事情を話すわけにもいかない。聡明な主は無言で歩き出した。感謝致します、良き主。

そうして主の後に続いてやってきたのは、誰も居ない静かな屋上。心地の良い風がナナキの長い髪を撫でてくれた。どうやら歓迎してくれる様子、風までもを虜にしてしまうナナキはすごいだろう友よ。吹き抜けていく風にご挨拶。こんにちはナナキです、御達者で。

「彼女が優秀だったのです」

切り口はこちらから。とはいえ、全てはこの一言に集約する。彼女が優秀で在った、それだけの話。

「気付かれたか？」

「……どうでしょうか」

「君が尽くすべきは俺だ。それにここには誰もいない」

さすがは我が主。言葉を選んだことをすぐに見破られた。ナナキは誇りのある人間を好む、それ故にあの誇りある騎士に気を遣ってしまった。あるまじき失態、お詫び致します。御言葉を胸に刻み、次からは真実を告げることをここに誓います。

「あの程度であれば気付かれることはないでしょう。とはいえ、稀に鋭い感覚を持った者が居ます。彼女のように」

「アルカーンが雇った従者をあの程度、か。さすがに格が違うな」

違うのは次元なのですよ、我が主。

「ヴィルモットは大層お冠だったよ」

見下していた家柄の者に絡んで従者に嚙まれた、それはそれはお冠だろう。捻《ね》じれすぎて千切れているのではないかと思う性格だ、いったいどんな報復を考えているのやら。けれど問題はヴィルモット・アルカーンではなく、我が主だ。

「……さて、どうしたものか」

我が主は相変わらず、表情を変えない。

たった一人の優秀な騎士によって我が主は窮地に陥った。ナナキを雷帝ナナキと知って雇ったのは我が主、これはナナキの非ではない。ならばどうする、主がナナキを試すようにナナキもまた主を試させてもらう。頭《こうべ》を垂れるのか、或いはナナキを下衆に差し出すのか。それとも――

「よし……腹を括《くく》るか」

――――そうでなくては。

思わずナナキは笑ってしまった。まったく、呆れるほどに似ている。飲み水がないと伝えたら、なら湖を作ろうと言い出した敬愛なるお母様を思い出す。ああ、お母様。ナナキは、だからこそナナキは、ここに在りたい。

「確認だナナキ。どれだけを振り払える」

「如何ほどでも、御望みの限り」

元とはいえこの身は五帝の名を背負った身。単騎で神を討ち、超越者となったこの力、人の考えが及ぶものではありません。これは人知を超えた力なのですから。

「それは絶対か」

「この誇りにかけて」

さあ、御立ち上がりください我が主。

おめでとうございます、我が主。貴方はたどり着いた。主はナナキに応えた、なればこそナナキもまた応えましょう。その御心に。

「偶然とはいえ、覆せるだけの力がそこにある。だったら答えは一つだ。使えるものはなんだって使う。良いな、ナナキ」

そう、それで良いのです。貴方は臆していた、ナナキの力に。全てを覆す逆転の一手を持ちながら、それを使っていいものかと恐れていた。力を恐れ、才を恐れるは人の本能。しかし、それを使ってみせてこそ我が主なのです。

手にしているのです我が主。本来ならばこの大陸で最も高いその場所に居る御方にしか扱うことのできない、比類なき力の一つを。現状に甘んじているのならば脆弱、立ち向かうのであればそれは勇だ。

――――貴方は今、誇りを持った。

「私の名をお呼びください、我が主」

今ここに、真なる契約を。

「その名は、貴方に仕える者の名です。どうか胸に刻んで頂きたい。如何なる時にも駆けつけましょう。仇なす敵を屠《ほふ》りましょう。その栄光ある道に立ちふさがる全てを払いましょう。さあ、お呼びください我が主。御身の剣の名を――――」

見よ、誇りなき者たちよ。

これが剣というものだ。

「……そうだな、もう遠慮はなしだ」

主は笑った。晴れ晴れとして、良い笑顔だった。それでいい、もう十分に耐えたろう。もう十分に憤ったろう。

「煽《あお》ったのはお前だ。ついてきてもらうぞ――――ナナキ」

私たちは今日、主従となった。

称えよそれは美しい

「————ゼェエエエアアアアアアンッ!!」

愚者の王は咆哮《ほうこう》した。

その華奢な身体はぶるぶると震え、怒りを表していた。目を見開き、呼吸を荒らげ、濁りきったその瞳で我が主を睨み付ける。そこそこに整った顔を憤怒で酷く歪めている。なればこそ、配下の者たちは震えた。この教室の絶対権力者の怒りを恐れた。

「決闘だ、ヴィルモット」

踏み出すは蛮勇か。否、これは栄光への一歩である。

「二度も言うかッ!!　この俺にッ……アアアルフレイドの落ちこぼれがッ……!!　おま、えああああああもうッ!!　アルカーンだぞ俺はァッ!!　ゼアンお前があッ!!　俺にィッ!!」

膨れすぎた怒りは言葉にも影響を与えた。狂ったようにその金の髪を掻き毟《むし》る様は滑稽、どれだけ愚かであろうと王であるのならば威厳を見せつけねばならない。その身に苦難はなかったのだろう。難儀したこともないのだろう。だから、知らないのだろう。

問おう、弱者諸君。

諸君は安定した今を焼き、その一歩を踏み出す勇気はあるだろうか。諸君にも苦難はあったろう、難儀したのだろう。その時、手を伸ばしただろうか。それでもと、手を伸ばしただろうか。今を焼き捨てる決死の覚悟で、届かないが故に踏み出すその一歩。その一歩にどれだけの恐怖があるかを知っているだろうか。

ナナキは知っている。愛する母を失った日に踏み出した、あの日の一歩を忘れはしない。

――――証明してみせよう、我ら主従が。

弱者であるからこそ、その誇りは何よりも輝くのだと。それが尊いのだと、捨ててはならないものなのだと。証明が終わったその時に、今度は諸君が問うのだ。己が身に。

汝は人か、動物か。

「ふッ……ぐ、があああッ!!」

言葉すらままならない狂乱の王よ、その玉座を我が主に明け渡せ。

主はゆっくりと、凛とした佇まいのままナナキを見た。透き通るは蒼星石の瞳。穢れはない、恐れはない、在るものはただ一つ。その蒼には確かな誇りが在った。誇り高き我が主に一礼を。その御心のままに、ナナキは振る舞おう。

あいにくと手袋はしていない。だからナナキはカチューシャを取った。これはナナキが主の従者である証。決闘の手形としては十分だろう。ナナキは敢えて、その手形をヴィルモット・アルカーンへとぶつけた。その顔が更に醜く歪む。

「あぁッ!?」

決闘を行うのは我ら従者、この行いは正しいものではない。それでいい。いつまで高見の見物をしているつもりだ、ヴィルモット・アルカーン。

これは反逆だ。さっさと降りてこい。

「ぶっ――――殺せえええぇッ!!」

王の感情は決壊した。王の従者たる彼女は静かに目を閉じ、その剣に手を掛けた。その佇まいに、今朝のような動揺はない。名も知らない騎士、ナナキは貴女に敬意を示そう。

我が主を見る。主は静かに頷《うなず》いて、今、栄光の一歩を踏み出した。舞台はこの場ではない。狂乱の王よ、誇り高き騎士よ。この美しい茜空の下で決着を。

回天の時は来た。

◇

決戦の場は校庭。魔法の使用を前提とされているこの場所ならば、存分に力を発揮することができるだろう。

「ここでは危険ですヴィルモット様。もっと御下がりください」

「俺に指図するなああッ!!」

ただ激情を振り撒く狂乱の王は美しい心を持った従者を足蹴にした。経緯を知る多くの観衆の前でその醜さを露呈する。固く握られているその拳、その手に握られているカチューシャはナナキのものだ。あまり粗末に扱われては困る。

「さっさとあいつをぶっ殺せええぇッ!!」

愚かな叫びを聞いた友が猛る。優しい彼はナナキに決して届きはしないその殺意も見逃さない。ありがとう、我が友イルヴェング＝ナズグルよ。だけどこの場はどうかナナキに譲ってほしいのだ。祝日なのだ。今日、ナナキは主君を得た。今、ナナキはこの道に確信を持とうとしている。お母様が見た世界を知るために、どうかナナキに。

友は何も言わずに身を引いた。感謝する、友よ。空を見上げてみれば一面の赤。ナナキはそれを美しいと感じた。この赤は、ナナキを祝福してくれている。

振り返る。

我が主は堂々と地に在った。そうだ、胸を張って頂きたい。その表情、その振る舞い、その姿は最早弱者にあらず。主は己の全てをナナキに託した。

信は置かれた。あとは応えるのみ。

「……ッ」

剣を手にしたまま、彼女は動かない。そう、貴女は優秀だ。だからこそナナキは貴女を騎士と認める。

「何してんだよッ!!　さっさとあのメイドをぶっ殺せえッ!!　お前、それにお前も!!　何見てんだよ!!　お前らもさっさとあのメイドをぶった斬れよッ!!　アルカーンだぞ俺はァッ!!」

あろうことか、ヴィルモット・アルカーンは第三者に指示を出した。なんと愚かなことか。決闘の場に加勢を送るなど。己の従者に信を置かずに愚弄するなど、恥を知れ。そして今その言葉に剣を抜いた家畜の群れよ。その手に握っているものは玩具ではない。

「ヴィ、ヴィルモット様……」

誇りを汚された彼女は諦めたように主の名を呼んだ。誇り高き騎士よ、その高潔はナナキが守ろう。

大地を踏み抜いた。

「うおおッ!?」

「ひッ!?」

激震は家畜の群れを止める。動物でもわかるだろう、この砕けた大地が何を意味するのか。誇りを持たぬ俗物が、このナナキに剣を向けることができるのなら向けてみよ。敢えて見せたのだ。これで誇り高き彼女と条件は同じ。さあ、この力を知ってナナキの前に立ってみよ。

「今剣を抜いた皆々様。どうぞ、一歩前へ」

ただし心せよ。その一歩は栄光の道に繋がるものではない。踏み出すというのならそれも良いだろう、その足が地に着く前に斬り伏せよう。後退を選ぶのならば膝をついて剣を捨てよ。この舞台に立てるのは誇りのある者だけだ。誇りなき者は去れ。

声を発する者はなし。

否、ただ一人は吠えた。

「なんなんだよ……なんなんだよそいつはああァッ!!　ゼアンお前、お前何連れてきたんだよおおッ!!」

己が城の瓦解を知った王は吠える。最後の最後まで、その愚かさを見せつけた。さあ、終幕という誇り高き騎士よ。

「……ふぅ」

騎士はだらりと腕の力を抜き、空を仰いだ。茜色の空を見上げ、騎士は再びその強さの宿った瞳でナナキを射貫く。そして――

「オオオオオォォォォ――――ッ!!」

その一歩を踏み出した。

世界は彼女を称賛しなければならない。主君に恵まれず、相手に恵まれず、それでも彼女は誇りを捨てることはなかった。彼女を称賛できる者は今この場にはいない。だからどうか、誰でもいい、ただの一人でもいい。どうか、どうか彼女に拍手を送って頂きたい。

ナナキにはそれができない。彼女の誇りに応えなければならない。

誇り高き騎士よ、貴女もまた栄光への一歩を踏み出した。この決闘を終えた貴女には苦難が待っているだろう。だけどナナキは同情しない。それは貴女の気高き誇りを汚す最低の行為だ。だからどうか、これから先に待つ苦境を乗り越えてきてほしい。

ナナキは貴女が再び私の前へ立つ日を待っている。貴女は強くなる。このナナキにも劣らない気高き誇りを宿している。その高潔に敬意を示し、ナナキは手向けを送る。この一閃は誇り高き主と誇り高き騎士へ送る万感の一閃。どうか受け取ってほしい。

両者に栄光在れ。今ここに、天上の一撃を。

――――紫電一閃。

「――――ッ」

「わあああああああッ!?」

人知を超えた雷の一閃は誇り高き騎士とその主を襲う。騎士は声もなく茜空に散り、その主は無様に打ち転がった。

この一撃を我が主ゼアン・アルフレイドへの無礼、そして誇り高き騎士の高潔を汚したことへの報いとする。決着は成った。なればこそ気を失い倒れた騎士へと歩み、その身を抱えた。この尊い身は無様を晒していいものではない、すぐに治療を。

友よ、今一度その力を貸してほしい。

イルヴェング=ナズグルはすぐにその力を貸してくれた。ああ、誇り高き騎士よ。貴女は神にも認められた、どうか誇ってほしい。

今日は良き日だね、友よ。

友は私の言葉に頷いて――ないね。どうしてさ、友よ。何が不満だったというのか。なに？　大事なもの？　なんのことを――ちょっと待った。

友の言葉にヴィルモット・アルカーンを見た。

ともすれば器用とも取れる無様な倒れ方で白目をむいているヴィルモット・アルカーン。情けないと笑ってやることもできるが、今重要なのはそこではなかった。注目すべきはひっくり返っているヴィルモット・アルカーンの手だ。

……あれ、ナナキのカチューシャはどこへ？

伝説が始まった気がする

――拝啓、お母様。

あの日のことを覚えておいででしょうか。そう、私たち親子が別れることとなったあの日です。生を終えるその最期まで泣きじゃくっていたナナキにさぞお困りになったことでしょう。ですがナナキは謝りません。娘が母との別れに涙を流すのは自然なことだと思うのです。

それは余りに早すぎました。ナナキにはまだお母様が必要だったのです。

幼かったナナキにはわかりませんでしたが、お母様は己の死期を悟っていたのでしょう。ある日から突然ナナキに対し厳しくなったことは今でも覚えております。お母様から頂いた愛情は覚えております。さぞや苦心なされたのでしょう。

厳しくして頂きありがとうございます。叱って頂きありがとうございます。愛情が欲しいがためにそれでも泣きながら甘える私を突き放してくれてありがとうございます。悲しい思いは致しました。それでも、それが愛情であったのだと理解が遅れたことをお詫び致します。

あの時、ナナキは本当は起きていたのです。お母様が厳しくなった夜、眠る私を抱きしめながら何度も謝って頂きました。何故お母様が泣いているのか、震えているのか、そんなこともわからないほどにナナキは子供だったのです。

ですが、お母様が亡くなってから十年の月日が経ちました。ナナキはまだ子供ではありますが、もう泣いてばかりの娘ではありません。どうか御覧になって頂きたいのです、今のナナキを。そして誇って頂きたいのです、これが貴女の娘なのだと。

少しばかり前に泣き言を口にした愚かな娘ですが、二つご報告を申し上げたいのです。

良き出会いがありました、お母様。出会いこそ奇縁と呼ぶに差し支えない状況ではあったのですが、今ナナキはその御方に仕えております。そしてこれが最良の出会いであったと、胸を張って言えるのです。

一言で言ってしまえば、不思議な御方です。悪い言い方をするのなら、酷くズレているのです。ですがやはり感じてしまうのです。彼に出会ってから、薄れていたお母様の温もりを思い出せるようになりました。いつまで経っても親離れできない娘です、笑ってください。

そして私は親不孝者でもありました。

帝都を離れたあの日、お母様が素敵だと仰ったその世界をナナキは否定しました。他の誰でもない、お母様の娘であるナナキが。さぞ失望されたことでしょう。さぞ嘆かれたことでしょう。しかし、お詫びすることすらも的外れなのだと思います。

ですから、今日はご報告を申し上げるのです。

お母様が今際《いまわ》の際にナナキと結んだ五つの約束を覚えていますか。今日はそのうちの一つの約束を果たすためにお話しさせて頂いているのです。

少し前、私の主には苦難がありました。

彼は弱者でした。ですがそれを恥と勘違いしない真の弱者です。出会いが偶然であったことは否定致しません。けれど、彼はその偶然を摑みました。その瞬間だけのたった一度を、彼は摑んでみせました。そして勇を抱き、誇りを胸に立ち上がることを選んだのです。

ナナキはその時はただ力であることに努めました。全ての決定を下したのは、我が主でありました。弱者の身で戦いを選択する勇気、それは彼のいた世界を容易く塗り替えました。我が主は今、新しい世界の下で強者として堂々とその道を進んでいます。

ナナキもその後を追おうと思うのです。従者として、お母様の娘としても。最早疑念はないのです、ナナキは確信を致しました。主が世界を変えた日、ナナキもまたその世界を変えたのです。私たちは主従となった。

今ここに、あの日の約束の一つを果たします。

ナナキは――――この世界を肯定致します。

早計であるのかもしれません、それでもナナキは立ち止まってはいられないのです。我が主は歩み始めました。従者が遅れを取るわけには参りません。まだ道半ば、いえ、歩み始めなのでしょう。この先、苦難にあったのだとしても、ナナキは世界を肯定し続けられる強い人間になります。

ですからどうか、娘の門出を祝って頂きたいのです。

それと、実はもう一つあるのですお母様。我儘な娘で申し訳ありません。ですが、泣いてばかりであの時言えなかった言葉を聞いて頂きたいのです。思い返せば、想いを馳せるだけで口にしたことが一度もなかったのです。

「――――愛しています、お母様」

主と共に、歩いていこうと思います。

お母様は蒼がお好きでしたね。私の主の瞳の色は蒼星石《ラピスラズリ》、お母様が愛した色です。そして御覧ください、この空を。今日は快晴です。その場所からでも見えるでしょうか。お母様の愛した蒼が、どこまでも続いています。

「遅れるぞ、ナナキ」

「申し訳ありません、ただいま参ります」

「空に何か珍しいものでもあったか？」

「いいえ、ただ――――」

行って参ります、お母様。

「――――空が蒼くて良かった」

第二章

その顔が気に入らない

本日は休日、されどナナキの朝は早い。

起床は日の出が望ましい。まだまだ薄暗いお空へ朝の挨拶、おはようございます。窓を開けて少しばかり涼しい朝の空気を室内へと取り入れる。雨の匂いはしない、今日も天気は良さそうだ。

ナナキはメイド、朝はやることが山のようにある。手早く寝間着をキャストオフ、洗面所で顔を洗う。ささっとシャワーを浴びてしまいたい誘惑に駆られるが、ナナキにはこれから憎き埃との闘いが待っている。二度手間は時間の無駄、すぐさま給仕服へトランスフォーム。

着替えが終わったのなら姿見の前で身なりをチェック。髪良し、服装良し、意気や良し。最後についこの間新しく買って頂いたカチューシャを付ければメイドナナキここに在り。肯定した世界の皆様、朝です。そしてナナキです、おはようございます。

準備は整った、いざ出陣。

朝の仕事はまず洗濯から始まる。それぞれの部屋の洗濯籠を秒で回収し、一人ずつ洗濯機を回す。主と使用人の洗濯物を分けるのはわかるのだけど、リドルフ執事長とナナキまで分けるのは正直手間だ。ただリドルフ執事長が分けた方がいいと強く勧めるのでナナキは承諾した。

リドルフ執事長もまだ若く、見た目も女性に好まれる紳士だ。きっとお年頃なのだろう、手間というだけで面倒ではないのだからリドルフ執事長に気を遣うべきだ。友よ、何で君は首を横に振っているんだ。ナナキは何か間違えただろうか。

きっと構ってほしいのだろう。だけどナナキは今忙しい、後で時間を取るからその時にめいっぱい話そう。ナナキは友人を大切にしたい。

さて、洗濯機がぐるぐると回っている間に高級服の洗濯を済ませよう。高級な生地は手で優しく洗う。従って室内ではなく中庭へ移動、駆け足。

「お――――」

着いた。けど今リドルフ執事長が朝の挨拶をしてくれていたと思うので高級服を一度洗濯桶《おけ》に入れて再度駆け足。急がばナナキ。

「――――はようございます、ナナキさん」

「おはようございます、リドルフ執事長」

「相変わらずすごい速さですね」

「取柄です」

「豪快ですね。本日はゼアン様の登校日ではありませんのでシフトは一番になります。それでは本日も一日、よろしくお願いします」

「こちらこそ、お願い致します」

一礼。そして互いが頭を上げたことを確認したなら三度《みたび》駆け足。大きな洗濯桶に水を張っている間に洗剤と柔軟剤を用意。目分量は禁ず、計量。誤差僅か、許容、投入よろし。すかさずかき混ぜる。特別なナナキは洗濯機にも劣らない、それぐるぐるぐるぐるぐる――泡に包まれた。あわわ。

一度濡れたら後は同じ、素早く、されど優しく高級服を洗っていく。だけどどうしても傷んでしまうものはある。そればかりは素人ではどうしようもないので専門の業者にお任せする。餅は餅屋、雷はナナキ。

高級服は終わり、最速で自室へ。そしてパージ、全て脱ぎ捨て脱衣所に折りたたんでシャワールームへ滑り込む。危ないからナナキ以外は真似してはいけない。ゆっくりと湯船に浸かりたいところだけどそれは夜のお楽しみとする。

手早く身体を洗い、髪だけ少し丁寧に洗う。ナナキの髪は長い、だから手入れにどうしても時間が掛かってしまう。しかし洗濯機が役目を終えるまでまだ時間はある。少しばかり至福の時間を満喫。大自然と違って温水、人類の英知に感謝。

さっぱり。髪を乾かすにはやはり時間が掛かる、よって魔法で対応。ナナキの才能に感謝。替えの下着と給仕服を取り出し瞬間装着。ただいま戻りました、ナナキです。今出た洗濯物を持って洗濯機の下へ。ささっと中身を取り出し、今度はリドルフ執事長の洗濯物をダンク。再び中庭へ参る。

参った。すぐさま一つ一つ丁寧に伸ばして干していく。今日はきっと良い天気になる。すぐに乾いてくれそうだ。洗濯を干し終われば洗濯機が奮闘している間、清掃に取り掛かる。シャワーを浴びてしまったために埃には十分に気を付けること、復唱。

ご覧ください お母様、これがナナキの朝です。少しばかり慌ただしいように見えるのかもしれないですが、ナナキはこの朝が好きです。

◇

有意義な休日とはなんだろうか。のんびりと身体を休めること、家族と過ごすこと、人それぞれだろう。けれど我が主の場合はどちらも当てはまらないようだった。休日の昼下がり、ナナキは書類と睨めっこをする主の傍で控える。

「アルカーンの妨害がなくなっただけでずいぶんとやり易くなったな」

「決闘での敗北を逆恨みすればどうなるか、貴族が一番よくわかっていることですからね。とはいえ、まだまだ油断はできませんよゼアン様」

「わかってる。あいつが大人しくしてる今がチャンスだ。ここで失敗はできない」

寡黙で在ろう。

我が主とリドルフ執事長は執務中で在られる。ナナキは元より武官、正直に言えば財政の話をされても力にはなれないだろう。幼少を大自然の中で過ごしたこの身は、五帝の皆様と出会うまでは千より先の数字を知らなかった。

　そんなナナキに帝都で生活するにあたって必要な知識を与えてくれたのは炎帝エンビィ、貴女だった。エンビィ、貴女はナナキにとって姉のような存在だった。けれど、貴女がナナキを赦《ゆる》すことはないのだろう。予言の日、貴女は私に対して非情になれた。

　あれだけの時を過ごしたナナキを、帝都のために即座に切り捨てた。誇ってくださいエンビィ、貴女は高潔であった。ナナキは貴女を恨みません、今でも慕っています。あんな別れ方になってしまったが故に言えませんでしたが四年間、ナナキの面倒を見てくれてありがとうございました。

　さあ、友よ待たせてしまったね。今のナナキはフリータイムだ。なんでも話そう。

「一応、ナナキにも意見を聞いてみるか」

「ナナキさんにですか……？」

「まあ武官だったのだからその反応はわからなくもないが……意外な一撃が来るかもしれないぞ」

　すまない友よ、少しだけ待っていてほしい。

「ナナキは限られた金で富を築くとしたら何を買う」

「……お肉でしょうか」

「食材か……その意図は？」

「お腹が減っては戦えませ――」

「ありがとう参考にする。ナナキは茶を淹れてきてくれ」

「……かしこまりました」

ナナキは挫けない。今日よりナナキは財政の勉強を自身に義務付けようと思う。違う、悔しいのではない。ナナキは大自然の中で違う、言い訳でもない。ただナナキは、いやだからナナキはそもそもあの大きな森でああもう、友ようるさい。

はい、この話はこれで御終い。

今はお茶を淹れることに集中、いいね。いつもはリドルフ執事長が担当しているが、余程の動揺を与えてしまったのだろう、ナナキが準備することに反対の声は上がらなかった。これは好機である。ここでナナキの実力を見せつければ再び厨房に立つことが叶うかもしれない。

ナナキは特別な人間だ。日々の生活の中でリドルフ執事長の動きをよく観察してきた。同じようにやればいいのだ。造作もない。あらん限りの才能を行使してリドルフ執事長の動きを再現する。

これにて完成、可及的速やかに、そして一滴も零さずに運んでみせる。

「お待たせ致しました」

友よ見よ、これぞマスターメイドナナキである。ゆっくりと優雅に、テーブルに一人分のお茶を置く。今ここに限っては、速さは必要ないのだ。優雅で在れ、ナナキ。さあお召し上がりください、そしてナナキが厨房に立つことを認めて頂きたい。

「……ナナキさん。どうぞ、私の分を飲んでみてください」

「……私がですか？」

「ええ」

リドルフ執事長、その挑戦、受けて立ちましょう。貴方はまだナナキのことを誤解している。ナナキは特別な人間だ。並みと比べてもらっては困る。この紅茶は貴方の動きを完全に再現して淹れたもの。この勝負、ナナキに敗北はない。

「では失礼して、頂きます……あッ」

ッッヅイッ!!

込み上げてきた悲鳴を舌ごと噛んで殺した。この誇り高きナナキが悲鳴を上げるなどあってはならない、この流血は妥当なものだ。表情を変えるな、そうだ、大丈夫。ナナキは平常だ。けれど失敗は認めよう。ここは悠然と去り、挽回を図る。

「ひへはほひへはいいあふ《淹れなおして参ります》」

「……ナ、ナナキさんは休憩に入ってください。それと冷やすのを忘れないように」

「はひ」

厚意に感謝して自室に戻らせて頂いた。

自室で舌を冷やせばすぐに動かせるようになった。むしろ噛んだことによる流血の方がダメージは大きい。だが、そんなことよりも反省しなければいけない。この午後までの失敗は洗濯、財政、お茶。実に三件、これは多すぎる。特別なナナキに相応しくない結果だ。

だが安心してほしい友よ。こんなことでナナキは挫けたりしない。なに？　七転び八起き？　友よ、君は博識だ。だけど少し違う、その言葉はナナキに相応しくない。気になると？　そうだろうとも。

では御静聴頂きたい、神話の雷イルヴェング＝ナズグルよ。

今の私に相応しいこの言葉を君に教えよう。

「七転びナナキ、どうだろう友────へぶぅッ!?」

ビンタッ!?

絶世の豚

「ゼアン様、少しよろしいですか」

「ああ」

あの日から我が主を取り巻く環境は一変した。教室に入れば挨拶があり、授業の合間にも話しかけられることが目に見えて増えた。その時に居なかったナナキにはわからないが、これまで主は長い間を耐えてきたのだと思う。

尋ねてみたい、今の気持ちを。

弱小と見下され続け、貶《けな》され続け、それでもと貴方は手を伸ばした。そして掴み、戦い、勝利した。この場所は主の誇りに見合いましたか。もしそうであるのなら、喜んで頂きたい。それは恥ではない、勝者の権利だ。喜んで頂けたのなら、ナナキは祝福を口にできるのに。

従者が一方的に主に対して祝福をしてはならない。それは良き従者の行いではない。ナナキにはわかってしまう。その蒼星石の瞳に宿る意志が。まだ上を目指されるのですね、誇り高き主。なればこそ、ここで祝福を口にして気の緩みを招くような真似はできない。

敬愛なるお母様、私の主は誇り高い御方になられました。私は支えになろうと思います。その道から外れてしまわないように。誇りを持つことは簡単ではありません。だからこそナナキは主を祝福したいのです。まだまだ従者としても未熟者です。

「ゼアン様、この間の当家との商談、ありがとうございました」

「こちらこそ助かった、ありがとう」

そう、誇りを持つことは簡単ではない。誰もが主のようにその一歩を踏み出せるとは限らない。強者が強者となったその日から同級生たちは手のひらを返した。それが悪いこととは言わない。強者に寄り添うことは恥ではない。

だが彼らは今までの非礼を詫びていない。ならばそれは動物だ。

ヴィルモット・アルカーンの権力に屈し、行った今までの非礼を先に詫びるべきだ。彼らにも守るべきものがあったのかもしれない、誇りを持つことができないタイミングだったのかもしれない。だからナナキはその行いを蔑みはしない。

だが、誇りを持つための一歩が、その機会が目の前にあるというのに踏み出せない彼らをナナキは認めない。もっとも、これはナナキの感情だ。主にとってたとえそれが上辺だけのものであったとしても、目に見える味方が多いに越したことはない。

ん、どうかしただろうか友よ。なに、顔が怖い？　それはいけない。誇り高き主の従者であるナナキが険しい表情をしていては主の交友関係の構築に支障をきたす恐れがある。迅速に対処すべし。

世界に届け、ナナキスマイル。世界の皆様、ナナキです。

「ぐ……ぎぎッ……俺を笑いやがってッ……!!」

謀《はか》ったな、友よ。

少し前まで多くの人間を侍らせていた転落の王は憤っていた。あの日に見せた愚かさはヴィルモット・アルカーンの本質を多くの人間に伝えてしまった。それだけの愚行を犯したにも拘わらず、次の日に彼は教室内で誰彼構わずに当たり散らした。否、我が主を除いた人間にだ。

貴族にとって決闘というものは特別らしい。ヴィルモット・アルカーンが主に手を出すことはなかった。けれどだからと言って当たり散らすようでは人が離れるのは必然だ。教室の中でただ孤独にあるその様に、ナナキは同情しない。そして油断もしない。

大自然で育ったナナキは知っている。追い詰められた獣の恐ろしさを。それは人間も然り、狂気を孕《はら》んだその瞳を侮りはしない。いつでも来ると良い、主の傍にはこのナナキが居る。そしてくれぐれも忘れないことだ。あの日君を守ってくれたあの誇り高き騎士はもう居ないことを。

あれだけの忠義を尽くしたというのに、次の日に登校してきたヴィルモット・アルカーンの傍に彼女の姿はなかった。どうか乗り越えてほしい、その苦難を。貴女は強い、それをどうか忘れないでほしい。祈ろう友よ、誰にも祈られなかった彼女のために。

誇り高き騎士に栄光在れ。

◇

「ゼアン様ー！」

――――あれはなんだ。

「…………っぁ」

声が出ない。このナナキが、誇り高きナナキが動揺している？　違う、これは絶句だ。いったい何時以来だろうか、このナナキが絶句するのは。久しくなかった感情に鼓動が速まる。まずは落ち着いて、声を出そう。そして問おう。主の名を呼んでいるのだから。

「ぁ……主、あの女性は……」

出た。その調子だ、頑張れナナキ。頑張るナナキ。

「…………一応、俺の婚約者だ」

「…………っ」

また絶句する羽目になった。せっかく声が出たのになんてことをするのですか主。

少しの沈黙の後に答えた主を見れば、静かに目を閉じていた。つまり、あの校門の前でこちらに手を振っている女性は主の婚約者。だとすればここで立ち止まってお待たせするのは失礼にあたる。

けれど主は目を閉じたまま動こうとはしない。

主の下校する時間に自ら出迎える、とても愛情のある方なのだろう。それは大変に良いことだとは思う。主の婚約者であるというのなら、ナナキは二人の仲を応援しなければいけない。だけどこれは――

お、お母様、懺悔を聞いて頂けますか。

ナナキは従者として大変に未熟であるようです。今のナナキは誇り高き主の従者として相応しくありません。二人の仲を応援できないのです。それも極めて私的な理由です。お願い致します、叱ってください。厳しい御言葉を頂かなければ、ナナキは御二人の仲を応援できそうにないのです。

私の主はその心がそうであるように、見た目も大変に立派な方です。黄金の髪に蒼星石の瞳、その整った顔立ちを好まれる女性は多いと思うのです。贔屓《ひいき》目を抜きにしても、まるで王子様のような外見だとナナキは思っております。

であれば、そのお相手にはやはり相応の姿をナナキは求めたいのです。絶世の美女、とまでは申し上げませんが主の隣に立って輝くような存在であってほしいのです。もちろん、これがナナキの私情であることは重々に承知しております。

ですが、ですがお母様。

わ、わかっております。見た目で人を判断するようなことは致しません。ですがナナキにはこの女性が主の隣に並ぶところが想像できないのです。いえ、実際に並んで頂けたならきっと恐らく納得できるのかもしれません。嘘です、納得できる自信がありません。いっそのこと殴ってくださいお母様。

「ああ、ゼアン様ー！」

声だけでは正確に伝わらないのだと思います。恐縮ではございますがこのナナキが適切な表現をお伝えしようと思います。慣れていませんので御聞き苦しい点は多々あるかとは思いますが、ご容赦ください。それでは不肖ナナキ、全力でお送り致します。

「ああ、ゼアン様！　私です！　貴方のシエルです！」

どすん！　どすん！　ずがん！　……足音ですお母様。

「ああ、ようやくお会いできました！　そのお顔をシエルによく見せてください！」

フガー！　フガー！　フゴゴ！　……鼻息ですお母様。

「シエルの愛しい御方！　会いたかった！」

ニチャァァァ……笑顔ですお母様。

少しでも伝わったでしょうか、ナナキの想いが。そして私は今顔がとても熱いです。心の中でとはいえ、このように子供みたいに効果音を付けたことが恥ずかしいのです。口に出していたら死んでいたかもしれません。それと爆笑している友を後で殴ろうと思います。

「久しぶりだなシエル。会えて嬉しいよ」

「私もです、ゼアン様！」

無事に主のもとへと辿り着いた女性。こ、これが主の婚約者。

艶やかなライトブラウンの髪、瞳は綺麗に澄んだヘーゼル。熊のような長身に、とても人類とは思えない肉付きも然ることながら、ミートボールがぶつかって弾け飛んだようなその顔にはいったい何があったと言うのか。

色々と興味は尽きないが、それらを聞くことは失礼にあたるのだろう。

「そうだ、紹介しよう。うちの新しいメイドのナナ――――ナナだ」

思えば、主は今までに私を誰かに紹介したことがない。この身の上に配慮してくれているのだろう。ありがとうございます、良き主。だけど何故だろう、盾にされている気がする。いや、もちろん構わない。ナナキは主の従者なのだから。

「シエル・マーキュリーです。よろしくお願いしますね、ナナ・ナナさん」

ナナキの名前が大変なことになっています主。

来ちゃった

「――――……はッ!?」

いけない、放心している場合じゃない。主の婚約者から挨拶を頂いているというのに何をしているのかナナキ。誇り高い主の従者であるナナキが無様を見せるわけにはいかない。深く腰を折り恭《うやうや》しく一礼。初めまして、ナナキです。大変な失礼を致しました、お詫び致します。

そしてお母様、お母様から頂いたこの名を偽ることをお許しください。ですが、これも全てはお母様が仰っていた素敵な世界を見るためなのです。

「ナナ・ナナと申します。以降、何か御用向きがありましたらお申し付けください。シエル様」

「……ぐくッ……んんッ」

何故噴き出すのですか我が主。

「まあ、なんて素敵な従者なのかしら！　さすがゼアン様、連れている従者も品があるわ！」

ああ、お詫び致します。お詫び致します、シエル様。貴女はナナキの品格を褒めてくれた。それなのにナナキは貴女の大変に恰幅の良いその外見を見て絶句してしまった。人とは外見で決まるものじゃない。その証拠に彼女は人を褒めることのできる人間だ。心の美しい人だ。

それなのにナナキは自分の理想にそぐわないからと、なんたる愚かさか。これはナナキの誇りを汚す行為だ、償わなければならない。かと言って口でお詫びを申し上げても彼女を傷付けるだけ。ならば態度で誠意を示すしかない。今日という一日が最高であったと彼女が思えるだけの御もてなしを。

それに加え、ナナキは自身に罰を与える。これより一週間、肉を食すことを禁ずる。これを戒めとし、シエル様には誠心誠意努めさせて頂く。違う友よ、ナナキは別に美味しそうだなんて思っていない。ナナキは人を食べない。でも豚は好きだ、美味しいから。

「さあ、馬車を用意してあります。これまで会えなかった互いの日々を語りながら帰りましょうゼアン様！」

「……そうだな」

「もちろんナナさんもご一緒に。さあ、お隣にお座りになって、ゼアン様」

有り難いことにナナキにも声をかけてくれた。けれどシエル様、その馬車にはもうナナキが入れるスペースはないのです。どうぞ御二人はそのままに。ナナキにはやらねばならないことがあるのだから。

「ありがとうございます。ですがどうかお構いなく」

「そう？　遠慮することはないのですよ？」

「ナ……ナナにはちょっとした用事を言いつけてある。気にしなくていい」

さすがは主、スペースがないことを悟らせないための良い気遣いだ。紳士とはそうでなくてはいけない。御二人に一礼をしてから扉を閉める。かくして馬車は発車し――――ない。

「……すみません、お願いできますか」

「かしこまりました」

泣きそうな顔でナナキに縋る御者の小父様にナナキは頷いた。難儀なさっているのですね、お任せください。このナナキが力となります。馬車の後ろに回ってゆっくりと力を込めて押す。ナナキの力は人のそれではない、思いっきりやってしまえば馬車は星になってしまう。

車輪が動いた。一度動き出してしまえば大丈夫。あとは任せたお馬さん。ナナキにはまだやらなければならないことがある。この今にも浮きそうな片輪、この傾きはすぐに対処をしなければならない。ナナキにはわかる、このままでは確実に横転する。

一度回った車輪は軽快に動作した。しかし重量のバランス問題は深刻、馬車の軌道は大変に危なっかしい。けれどご安心を、ナナキが参る。すぐさま浮きかけている車輪の側に飛び乗り体重をかける。これで少しは安定するだろう。前を見れば御者の小父様が良い笑顔で親指を立てていた。

少しはしたない気もしたが、ナナキも笑顔で親指を立てて返した。この帰路を無事に終えるにはナナキと小父様のチームワークが必要不可欠だ。互いの主のために頑張りましょう、小父様。

かくして馬車は走る。

車外に身を晒して摑まるナナキは注目の的だった。お騒がせしておりますフレイラインの皆様、ナナキです。この多くの視線には少しばかりの照れを感じてしまうけど、これは我が主とその婚約者であるシエル様の身を案じてのこと。恥ではない、胸を張ろう。

風が気持ちいいね、友よ。

そういえば、帝都に居た頃にサリアから借りた本の内容でこんなシーンがあった気がする。でもあれは確か馬車ではなくバスだったかな。人が科学の追究をやめて魔法へと走った今では、もうあれを再現することは叶わないかもしれない。

だけどせっかく似たような状況にあるのだ、完全とはいかなくとも真似だけでもしてみようと思う。確かこうやって更に身を乗り出して、身体の全てで風を感じるのだ。そして対向車線からやってくるバスから同じようにして身を乗り出し、飛び移ってくる恋人を抱きとめる。

そして二人は走るバスの車外で愛を誓うのだ。

「愛してるぜキャサリン……私もよマイケ――――るごッ!?」

◇

車外で摑まっている時に絶対に身を乗り出してはいけない。街灯があるから。

「本当に助かりました、ありがとう」

「いえ、こちらこそ」

目的地である我が主の屋敷が見えてくると、御者の小父様からこれまた良い笑顔でお礼を頂いた。困った時は助け合うのが人間なのだ。だからナナキも笑顔で返した、感謝のナナキスマイル。でもごめんなさい小父様。ナナキはついさっき気が付いてしまったのです。

魔法を使えばよかったのでは、と。

失念。サリアから借りた本のストーリーに気を取られていたばっかりに、御者の小父様に無用な苦労を強いてしまった。その上、口にするのも恥ずかしい失態を重ねてしまうとは、ナナキは少し反省した方がいい。あの威力はナナキでなければ死んでいた恐れがある。

丈夫な身体で本当に良かった。強い身体に産んでくれてありがとうございます、お母様。おかげ様で少し痛かったですがナナキは無傷です。

「ふぅ、さあ到着です」

やがて馬車が止まった。これで小父様の役目は終わりだ、お疲れ様でした。馬車から降りて屋敷を見れば既にリドルフ執事長が待機している。さすが執事長と言われるだけはある。もっとも、屋敷に居る従者はナナキとリドルフ執事長だけだけども。

馬車の扉を開け、まずは主の手を引いた。中でどのような話をされたのかはわからないが、その顔は頂けない。疲れ切った顔にあの意志のあった瞳が淀んでいる。今は来客中、もっと凛として頂かなければ。次にシエル様の手を取る。手が肉に包まれた。

美味しそ――――大きな手だと思いましたはい。違うよ友よ、ナナキは何も言ってないし思ってない。間近で見ると女性にしては大きい身長のせいでまるで壁のようだ。大変に肉付きが良いせいで、どれがお腹でどれが胸でどこまでが胴なのかわからない。

「ありがとうございます、ナナさん」

わざわざお礼を口にして頂けたので笑顔で一礼した。そしてすぐさま移動、駆け足。リドルフ執事長の隣に並んで頭を下げて待機。ようこそ当家へ、ナナキです。でもこれはリドルフ執事長の台詞だから出しゃばってはいけない。さすがナナキ、弁えてる。

「ようこそ当家へお越し頂きました、シエル様」

「お久しぶりです、リドルフさん」

我が主の婚約者なのだから、当然リドルフ執事長との面識もある様子。ナナキは特別な人間だ、だからこそ一つの予想を立てた。空の色は蒼から紅へ、従ってシエル様は本日のディナーを当家でお召し上がりになるのではないだろうか。

そう、ナナキが知りたいのはそこなのですよリドルフ執事長。

面識があるのならわかる筈、果たしてシエル様がどれだけお食べになられるのか。これはナナキの想像でしかないが、相当な量が必要とされるのでは。その量を、良い品質を維持しながら量産できるでしょうか、その身一つで。

それはなかなか無理があるとナナキは思うのだ。ナナキ以外の人間は無茶をしてはいけない。やはり人は助け合うべきなのだ。命じて頂けたのならすぐにでも食材を確保する用意はある。ナナキはその食材たちが好む場所をよく知っている。さあリドルフ執事長、助け合いましょう。

「本日のディナーはどうぞ当家で。腕利きのシェフをお呼びしてあります」

「まあ！　それは楽しみですね！」

ナナキは楽しくなかった。

ナナキが厨房に立てる日はまだ先のようだ。いつか来るその日のために食材の目処だけは立てておこう。いつかその口から美味しいと言わせてみせる。ナナキの手料理を食べれば――――

「――――ナ。……どうかしたのか？　ナナ」

――ああ、これはいけない。誇り高き主の言葉を聞き逃すなど、なんたる失態だ。お詫び致します、我が主。ですがその前に、感謝をしたいのです。貴方と出会って手にしたこの良き日々に。

ナナキはこの今を全力で守り抜く努力をしなければいけない。

あの日の選択に誇りを持つのであれば、その誇りは貫き通さなければいけない。

「暇を頂けますか。我が主」

そうか、よりにもよって貴女が来たのか。

――――エンビィ。

悲しい強さ

いつか来るこの日に再会するのが、貴女でなければと思っていた。

生を受けて以来、お母様とナナキに寄り添ってくれるこの友を除けば一番の長い時間を過ごした貴女でなければばと。五帝の皆様には感謝している。各々が持つその誇りを尊敬している。だけどエンビィ、貴女は、貴女だけは来てほしくなかった。

その存在はこの世界において強すぎる。どこに居るのかも、呼んでいるのだということもわかってしまう。やはり貴女は高潔だ、エンビィ。帝都を離れたこのナナキの周りを案じてくれるのですね。主を背にして戦えばナナキは為す術もなかっただろう。感謝を。

エンビィ、ナナキは覚えています。

初めて出会った日を。五帝となった日を。皇帝陛下にお会いした日を。共に戦った日を。一緒に笑った日を。喧嘩した日を。そして帝都で一緒に見たあの花を。それでも、ナナキはその世界を肯定することはできなかった。

ナナキが肯定したのは今ここに在る世界。エンビィ、貴女にはナナキが見て、肯定した世界を伝えたい。でもそれはきっともう叶わないのだろう。それはあの日に断たれた、ナナキが断った。だからもう戦うしかない。互いの誇りのために。

「……約束だったな」

我が主は聡明な御方だ。ナナキの表情と先の一言で悟って頂けた。今とあの時とでは状況が違う。ここは帝都ではない。恐らくエンビィはその力を存分に振るうのだろう。五帝同士が本気でぶつかり合えば、フレイラインなど数分もせずに消し飛ぶだろう。

ただ、ナナキもまたあの時とは違う。主と約束をした。この日が来れば見捨てろと、ナナキはそう言った。だけどあの日の私たちは仮初の関係だった。そこに信はまだなかった。けれど今は違う。

――――私はここに戻ってくる。

「まだまだ手放すつもりはないぞ。行ってこい」

笑ってしまう。まるで心の中を覗かれた気分だ。ありがとうございます、良き主。ナナキはまだここに居たいと、そう願い出るつもりだったのに。それを主に言わせてしまうとは、やはりナナキは良い従者とは言えない。償うには戻ってこなければならない。

ナナキの認めた、主が居るこの場所に。

許可だけ頂ければそれで良いのだ、返事は必要ない。それは主の信頼を疑うことになる。ナナキがすべきことは誇り高き主に感謝と敬意を込めて頭を下げることだ。でも心の中だけで告げるのなら、許されるのだろうか。

必ず戻って参ります、御身の下へ。
行こう友よ――――今宵は死闘となる。

◇

最初の言葉は何が良いだろうか。

謝罪は違う。これまでの感謝も違う。誇りを語るのでもなく、敵意を向けるのでもなく。多分、これには正解なんてものはないのだと思う。ならせめて、報告をしよう。

「良き出会いがありました。エンビィ」

「――――ハハ。そりゃよかった。心配はしてたんだよ」

少しの間をおいて彼女は笑ってくれた。それはナナキに何度も見せてくれた笑顔と同じものだ。

炎とは燃やすだけではない、人に温もりをくれるものだ。その温もりに、ナナキは何度も救われた。

長い紅蓮《ぐれん》の髪、炎の色をした綺麗な瞳。凛としたその顔立ちが笑顔に変わる瞬間がとても好きだった。外見も、その心もとても美しい人。ナナキの好きな紅。優しい人、ナナキの好きな人。戦いたいとは思わない。

彼女が身に纏う白銀の騎士鎧は、幾多の才能を乗り越えた本物だけが着ることを許される神聖な鎧。風に靡《なび》くその赤地の外套に刻まれた金の紋章は、帝国最強の五人だけが羽織ることを許された天上の証。言うまでもなく、彼女は五帝としてここに現れた。炎帝は、帝都に仇なす全てをその業火を以て等しく灰へと変えるだろう。エンビィの傍で静かに佇んでいるのは燃え上がる髪に炎の羽衣、炎を司る紅蓮の女神、黄金の大火ハイエント＝ヘリオス。

もう、避けることはできないのだろう。

「多分さ、これは私じゃないとダメだと思ったんだ。シルヴァやライコウは論外。サリアだってマシではあるけど、ダメなんだ。一番初めに再会するのは、多分私じゃなきゃダメなんだ」

だから、木に寄りかかりながら語るエンビィの邪魔をしようとは思わなかった。ただ彼女の言葉を聞いていよう。これはきっと、私たちの最後の思い出になるのだろうから。きっとこの先にあるのは、どちらかが居ない未来なのだろうから。

「言いたいことがあったんだよ。たくさんね」

エンビィも同じ想いを持ってくれているのかもしれない。ただ茜の空を見上げながら彼女は喋る。

「可愛かったんだ。妹みたいに想ってた。本当、バカな子だけど子供のくせに誰にも負けない強さがあって、そのせいで空回って、どえらい迷惑を掛けられた。でもそんなバカの面倒を見るのが好きだったんだよ。今回のこともそうだ。色々下手なんだよ、ナナキは」

上げて落とすな。

「ナナキはさ、心が強すぎるんだよ。向き合わなくてもいいことにまで向き合うことはないだろ。わざわざ正面から出ていく必要なんてなかった。こっそり居なくなってくれたなら、寂しいだけで済んだんだよ。でも、やっぱりナナキはナナキだった。強引すぎるよ」

そう、ナナキは強者だ。そうで在れと、そうで在らなければと。強くならなければ生き残れない。あれだけの強さを持っていたお母様ですら、この世界の運命に屈してその命を失ったのだから。ナナキは生き残る。それは、あの最期の日に母と誓った約束の一つだ。

たとえ、大恩のある姉にこの剣を向けることになろうとも、ナナキは生きる。

そしてエンビィ、貴女もそれは同じの筈だ。

「私は五帝だ。五帝が一人、炎帝エンビィ。ナナキがそうであるように、私にも守らなきゃいけないもんがある。どんだけ可愛いと思ってても、どんだけ殺したくないと願ってても、私はあんたを殺さなきゃいけない。それは五帝が背負わなければいけない責任なんだよ」

互いに譲れないものがある。それだけで十分です、エンビィ。

互いの誇りの優劣を決定付ける方法は極めて原始的なものでいい。より強い者が生き残るのはこの世界の定めなのだから。でも、だからこそそこで手段を選んではいけなかった。高潔であったから、誇り高い貴女だから——一人で来てしまった。

何故連れてこなかったのですか。

シルヴァを、ライコウを、サリアを。それはダメだよエンビィ。貴女はナナキを知っているのに。

「これは呪いだよ、ナナキ。わかってるよね」

それは優しい言葉だった。終わらせなければいつまでも続く呪いを背負ったのだと、彼女は警告している。今を望むのであれば、終わらせなければいけない。それはもう避けられない。だから彼女は言っているのだろう。これは呪いだと。断ち切れと。

ありがとう、ナナキの心の姉よ。

今度こそお別れをしよう。

「場所を変えよう、ナナキ。おいで」

決着の場はこの人里離れた山奥ではなかった。人知を超えた力を持つ私たちであるからこそ、その場所への到着は一瞬だった。

舞台は、果てだった。

「終わった時代の果てだ。ここなら誰もいない。誰も来ない」

人が科学と共にあった時代の成れの果て。大昔に建てられた巨大な建造物たちの半分は崩れ、朽ちた。かつては自由を謳ったと言われている女神も今では誰にも崇められることのない置物となっている。終わった時代。人が終わらせた時代。

「昔話をしよう、ナナキ。この場所はかつての世界で一番の力を持った国だった。でもたった一人の人間がこの時代を終わらせてしまった。それは予言だったらしいよ。……そして今になって、また同じ予言が出てしまった。もうこの世界にはね……次を耐えられる力は残ってないんだよ」

神界戦争の始まり。それはたった一人の人間によってもたらされた悪夢。全部、エンビィが教えてくれたことだった。

「だから、始まったこの場所で終わらせよう――来い、〝ハイエント＝ヘリオス〟」

黄金の大火ハイエント＝ヘリオス。エンビィが討ち破り、従える業火。その業火はエンビィの身を包み、彼女を炎帝エンビィへと昇華させる。

「武装顕現――〝万象の炎騎《オール・シュヴァリエ》〟」

文字通り、戦いの火蓋は切られた。抑えるものがなくなった炎は天まで上り、その業火は大気を揺らす。万をも超えるその業火の前ではあらゆるものが灰へと還る。紅蓮の騎士甲冑に巨大な炎の剣。ナナキの前に、炎帝エンビィは降臨した。降臨してしまった。

「ナナキは強いよ。それはわかってる。きっと私が相手でも躊躇《ためら》わない。いや、多分誰であろうとも躊躇わないんだと思う。だけどさナナキ」

そう、ナナキは強い。もう避けられない。

「その強さは悲しすぎるよ」

一緒に別れを謳おう、イルヴェング＝ナズグル。もう会えなくなるのだから。もう一緒に笑うことはできないのだから。呪いを断ち切るために、別れの歌を――

「――遅いよナナキ」

優しい弱さ

――これは呪いだ。

きっと、お母様の愛した世界を否定したことへの報いなのだろう。ナナキはあの世界を肯定することができなかった。そしてたどり着いたこの道でも、呪いは追ってくる。どこまでも、どこまでも追ってくるのだろう。終わらせない限り、ナナキが生きている限り。

剣帝シルヴァ、武帝ライコウ、天帝サリア、そして炎帝エンビィ。

その誇りの高さ故に、それはナナキへ呪いとして降りかかる。なら振り払わなければいけない。何を犠牲にしてでも、ナナキは生きていかなきゃいけない。誇りとは善悪ではない。誇りの証明とは、自分を誇ることができるのか。自分を認めることができるのか。

ナナキはナナキを肯定する。

曲げられないものがある。通さなければならないものがある。約束がある。生きなければいけない理由がある。あの世界でも、そしてこの世界でもナナキは世界から否定されるのだとしても。ナナキだけはナナキを肯定しなければいけない。

だって、悲しすぎる。

お母様と約束したことも、教わった誇りも、生きるための強さも。その全てを否定されて、ただ予言に殺されるためだけにナナキは生まれてきたのか。お母様から頂いたこの命は、この名は、この誇りは、そんなことのために生まれてきたものなのか。

否だ。それを認めることはできない。

この強さは何のために身に付けたものだ。母がその命を削ってまでナナキを強くしたのは何のためだ。

――――撃ち破るためだ。

運命だろうと、世界だろうと、困難だろうと、そして予言だろうと。その全てを撃ち破り、ナナキが生きていくための力だ。ああ、そうか。ナナキはまだ迷っていたんだ。だってその世界は、お母様が愛した世界だったから。

さようなら、お母様の愛した世界。

世界はナナキに剣を向けた。ならばナナキもそれに応えよう。そう、その世界は今、ナナキの敵と相成った。容赦はしない、情けもかけない。心せよ、ナナキの敵よ。このナナキの命を欲するのであればその世界の全てを失う覚悟で来い。

先に剣を向けたのはそちらだ、ならば相応の覚悟をせよ。たとえ予言の結末を辿ることになろうとも、後悔だけはしてくれるな。ナナキは離れた、それでも追いかけてきたのは貴女たちだ。

「――――がッ!?」

そうだ、だからもう、貴女も敵なんだ。エンビィ。

「あーあー……最初で最後の隙でも通らないか。完全にスイッチ入ってら……」

降りかかる火の粉は払う。道を塞ぐ者がそこを譲らないのであれば切り払う。大恩のある姉であろうが、予言を止めるための正義であろうが、ナナキには関係のない話だ。重要なのは一つ、その全てはナナキの敵だ。それは要らない。ナナキの肯定した世界には要らないものだ。

消えてなくなると良い。

武装顕現――――〝全能の雷騎《マギア・シュヴァリエ》〟。

彼女が紅蓮の鎧を纏うように、ナナキもまた漆黒の雷を纏おう。かつて百神を屠り、神話の雷とまで呼ばれた彼の伝説と共に。それは破滅の黒、崩壊の金、仇なす全てを消し去る雷神の鎧。友の光輪を背負い、黒き雷の剣を握る。

「――――ッッッッ!!」

友の咆哮はそれだけで衝撃の波を起こし、辺りの瓦礫を吹き飛ばす。漆黒の雷を司る黒き鎧の竜、彼が背負うその光輪が一際に強く輝いた。そうだよ、これがナナキの友だ。ずっと一緒に生きて、共に戦ってきたナナキの親友だ。そしてそれは、これからも変わらない。

行こう友よ。今一度、ナナキの強さを披露しよう。震えて竦《すく》んでくれるのなら上々だ、このナナキの前には立つな。だが誇りを持ってナナキの前に立つというのなら止めはしない。安心してほしい、このナナキが介錯《かいしやく》仕《つかまつ》る。誇りを抱いたまま逝くと良い。

「さあ、始めましょうか――――エンビィ」

「本当に、悲しい強さだよそれは」

◇

次から次へと襲い掛かる紅蓮の炎は終わった時代の名残を灰へと変えていく。けれどその炎がこのナナキに届くことはない。迫りくる剣も、全てを灰へと還す炎も、その全てが遅すぎる。思い上がりも甚だしい。雷を捉えることができるとでも思うのか。

「ハイエント＝ヘリオスッ!!」

エンビィの掛け声と共に、世界が炎に包まれる。

狙うのならば致命だろうエンビィ。酸欠などこのナナキには通用しない。搦《から》め手でこのナナキを討てると思うのか。後手に回ればもう貴女には機会がないぞ。その誇りを貫き通すというのであれば、全力で攻めて来い。このナナキの様に。

「――――友よ」

生まれた雷は全てを灰にする業火を掻き消して辺りに稲妻を奔らせる。その力の一部を武装として顕現しているこの鎧にはイルヴェング＝ナズグルの意志が宿っている。人神一体、ナナキは一人で戦っているのではない。

他の五帝のように、神を道具として扱ったことなど一度もない。心を通わせる私たちに、神を道具として扱っているだけの貴女が勝てる道理はない。

「降ろさないのですか、エンビィ」

この状況を打破せんとするのならば、ハイエント＝ヘリオスを顕現させるしかない。ここには誰もいない、誰も来ない。そう言ったのは貴女だエンビィ。さあ、呼ぶといい。貴女の切り札を。

ナナキはその全てを撃滅しよう。

「わかっちゃいたけどね、ちょっとこれはデタラメだな……」

煤《すす》にまみれた顔を拭いながらエンビィは零した。その身に纏う鎧には痛々しい傷跡が幾つも窺える。このナナキに近接戦を挑むこと自体が間違っている。人が雷の前にその身を晒せばどうなるか、子供でもわかることだ。だけど、それでも貴女は来るのだろう。貴女は炎帝エンビィ、誇り高き帝都の守護者なのだから。

故に彼女は、エンビィはその名を呼んだ。

「――――万象を焦がせ。顕現せよ、黄金の大火ハイエント＝ヘリオスッ!!」

そして今、炎の女神が降り立った。

顕現した黄金の女神はその炎を以て世界を照らす。その光が全てを焼き払い、全てを灰へと変えていく。美しき炎の女神はその羽衣を靡かせては世界を燃やす。人ならざる存在でありながら人を象《かたど》る女神の表情には笑みだけが在った。まるで、勝ち誇るかのような笑みが。

瞬間、灼熱が迫るのを見た。

それは綺麗な炎だった。触れるもの全てを灰塵に帰すその黄金の炎、たとえナナキであってもこれは致命となるのだろう。人知を超えた攻撃、正しく超越者たる一撃。触れれば燃え尽きる、退けば焼き払われる。逃げ場などはなく、防ぐ手立てすらもないのなら。

「――あの日の誓いをここへ、共に行こう。神話の雷イルヴェング＝ナズグル」

正面から食い破るッ!!

「――――ッッッ!!」

その咆哮は全てを掻き消した。

迫る灼熱も、焦がす炎も、黄金の輝きすらも。万象を焦がす女神の前に君臨するのは、かつて百の神を屠った神話の雷。漆黒の鱗《うろこ》、獰猛《どうもう》なる牙と爪、奔る漆黒の雷は何もかもを破壊しては消え、消えてはまた生まれる。神を憎み人を憎む破壊の化身、今ここに顕現するは神話で語られた伝説の巨竜。

全てを灰にする炎の女神であっても、このナナキの友には届かない。

「ハイエント＝ヘリオスの炎をこうも簡単に掻き消すのか……ッ」

これが本来の友の姿。人型のハイエント＝ヘリオスとは比べものにもならないこの巨軀から繰り出される漆黒の雷は全てを打ち砕く。見ると良い、世界を飲み込んでいくこの雷を。

「桁違いか……それでも、これならッ!!」

エンビィの叫びと同時に、黄金の炎を纏った女神は強く輝きを放った。全てが灰へと還っていく。否、その熱は雷を纏う漆黒の神には届かない。炎の神と雷の神。その二つはこの世界に顕現するだけで途方もないエネルギーを辺りへとまき散らす。地面は砕け、廃墟は溶け、雷が天を荒らす。

「炎帝の名の下に、帝都に仇なす敵を討つッ!! 灼熱の一撃を以て、これを終幕とするッ!!」

それは地上の太陽だった。

エンビィの持つその剣の輝きは人間の目を焼き、全てを溶かす。このイルヴェング=ナズグルの鎧を以てしてもその熱を防ぎきることができない。その一撃の命中は死を意味する。全力中の全力、これを防ぎきることは適わない。

猶予はない。決着の時は来た。

「――――太陽の剣《レーヴァテイン》ッッ!!」

太陽の剣は巨大な光の柱となって天へと延びていく。なるほど、これは速いだけでは避けきれない。これは炎帝エンビィを示す、誇りの一撃。なんて美しい光なんだろう。こんなにも美しいものがあったのに、それでもナナキはその世界を肯定することができなかった。

これに応えよう、友よ。

刻め世界よ、ナナキの力を。そしてこれから先、何度でも思い出せば良い。ナナキと戦うというその意味を。この傷跡を受け、それでもなお向かってくるというのなら、その全てを撃滅しよう。

奪わなければ、終わらないのだから。

今ここに、神話の雷を。

――――〝崩雷《ディオ・エンド》〟。

「――――――――ッッッ!!」

見上げる空のその全てから降り注ぐ神話の雷。この万雷はこの戦場の全てを消し飛ばす。エンビィの剣はもう目の前まで来ていた。決死の覚悟で相討ちを狙ったのだろう。でもエンビィ、ナナキは一人ではない。エンビィとは違うんだ。

「なッ……!?」

イルヴェング＝ナズグルがその身でナナキを庇《かば》う。いくら友でもその一撃を防ぐことはできない、だけど一瞬で良いのだ。一瞬でもその剣を止めてくれたのなら、降り注ぐ雷が全てを終わらせてくれる。ありがとう友よ、本当に君は優しいね。

「――――――――」

終幕はいつだって呆気ない。降り注ぐ全ての雷はエンビィの身体を貫いた。それでも最後の抵抗に、ナナキたちがして見せたようにハイエント＝ヘリオスを盾にして絶命だけは逃れたようだった。でも変わらない。たとえ生き残っても、もうナナキと戦える力はないだろう。

――――終わらせよう。

もう満足に身体も動かせない彼女のもとへと歩く。

『だから千の次は万、万の次は億だってば。頭悪いなあもう』

ナナキは強い。

『これが帝都のお金。これがないと何も買えないの。こら投げんなッ！』

そうでないと生き残れないから。

『ほら綺麗だろ？　桜って言うんだよ。もう帝都にしかない木だ』

それは約束だから。

『――――おいで、ナナキ』

頬を何かが伝った。

これは強者であるナナキが零していいものじゃない。それでも、視界が滲むのは止まらなかった。

ナナキは否定した、ナナキが否定した。別れるために、奪うために戦ったのはナナキだ。卑怯だ、この涙は卑怯者が流すものだ。誇り高いナナキが流していいものじゃない。

それなのに、その筈なのに。

止まらない。止まらない止まらない。過ごしてきた日々が脳裏から離れない。思い出がこの心を抉《えぐ》る。痛い、痛い痛い痛いイタイイタイイタイッ――――痛いよエンビィ。

「……泣……くなよ……ナナキ……」

奪うことでしか終わらないのなら。断ち切るために終わらせるには。この剣をエンビィに振り下ろさなきゃいけない。呪いなのだから、それを終わらせるのだから。だから、だからナナキは振り下ろす。

ああ、お母様。どうか、今だけはどうか。

――――弱く在ってもいいですか。

「……じゃあね、ナナキ」

「――――――――ァアアアアアアアアッ!!」

肯定するということ

投げ捨てた雷の剣は虚空へと消えていった。

「――――――それはバカだよ……ナナキ……」

そんなことはわかってる。それでもナナキは……私はエンビィを殺したくない。だって、この涙の意味は家族と別れることにある筈なのだから。なんでまた家族と別れなきゃいけない、なんでこんな思いを二度もしなければいけない。それが仮初のものであったとしても、貴女は確かにナナキの姉だった。

「これは……仕方がない……ことだよ……ナナキ……」

どちらかしか選べないのなら、姉か主か、どちらかしか選べないのなら。己の誇りを貫くということは。これは苦難だ。まただ、またこんな世界になってしまった。覚悟を決めた筈だったのに、もう肯定した筈なのに。それなのに、ナナキはまた迷っている。

「終わらせなよ……これで……一つの呪いは終わる……」

これがナナキの肯定した世界だというのか。これがナナキの誇りだというのか。

――――違う。そうじゃないだろう。

そうだ、こんな結末を誇れるというのかナナキ。こんなもので自分を認めることができるのかナナキ。否だ、これはお母様の娘であるナナキに相応しいものじゃない。こんなことに屈する娘であっていい筈がない。これじゃない、求めた世界はこんなものじゃない。

あの日の言葉を思い出せ。

『世界を肯定できるような人間になりなさい』

またお母様との約束を違《たが》えるのか。そうじゃないだろう。

強者なのだろうナナキ。お前は誰よりも強いんだろう。その強さは何のために身に付けたものだ。思い出せ、ナナキの根幹を。誇りとは何だ、それを貫くということは何だ。この現状を仕方がないで済ませるその脆弱さを強さと呼べるのか。否だ。

何で一つなんだ、主か姉か、それはナナキが弱いからだ。強く在れと言われた、強くなると誓った、それなのにナナキはまだ逃げていた。辛いのが嫌で、苦しいのが嫌で、都合の良い夢ばかりを追いかけていた。そうだ、簡単なことじゃないか。

――――いつまで甘えている、いい加減に目を覚ませ。

こんな体たらくでお母様が安心して眠れるのか。否だ、こんな弱さを持ったナナキをあのお母様が心配しない筈がない。お母様から頂いた誇りは、強さは、全てこの日のために頂いたものじゃなかったのか。

強者なのだろうナナキ。

特別な人間なのだろうナナキッ!!

だったら証明してみせろッ!!

呪いだろうが予言だろうが――――世界の全てを受け入れてみせろッ!!

「私はッ……殺さないッ!!」

世界を肯定するということは、そういうことじゃないのかッ!!

「――――私はッ、ナナキはッ!! エンビィの居ない世界を望まないッ!!」

強者とは、誇りとは、こういうことだろうッ!!

この先どれだけの苦難が在ろうとも、どれだけの呪いを背負ってでも、自分を誇れるナナキで在る。それが強者じゃないのか。それが誇りというものじゃないのか。そのために身に付けた強さだった筈だ。そのために教わった誇りだった筈だ。

苦難から逃げるな。辛いことから逃げるな。強者であるのならば、証明してみせろ。その全てを受け入れて、乗り越えてみせろ。それがナナキだ。それがお母様の娘のナナキだ。逃亡は許さない。

予言がなんだ、呪いがなんだ。いいじゃないか、全部まとめて持ってくればいい。受け止めてやる、抱き止めてやる。誇りを持たないで進む道に意味なんかない、そんなことでお母様の高みに届くはずがない。それでもと、一歩を踏み出す強さを忘れるな。

だって――――世界は素敵なのだから。

その世界を見るために、誇りを忘れてはならない。強さを忘れてはならない。今一度証明してみせよう、ナナキが特別な人間なのだということを。今一度肯定してみせよう、この世界を。

「エンビィ、また会いましょう。大好きな貴女に会えるのなら、また何度でも剣を合わせます」

「……ハハ。……そのバカさ加減は死んでも治らなそうだね」

「今さっき知ったばかりですが、バカもそう捨てたものじゃないのだと思いました」

だって、また貴女に会うことができるのだから。

「シルヴァたちはたとえ敗れても何度だって来るよ。私もだ」

「受け入れます」

「ナナキの大事なものだって狙われるかもしれない」

「守ってみせます」

貴女のおかげで本当の強さを知ることができたから。

「断ち切る気はないの？」

「背負います。全部。ナナキは強いですから」

「ハハハ、ばーか」

「はい、バカです。だから抱きしめてください。バカな子ほど可愛いと聞きます」

「たはは……まったく……」

今日、ナナキは強くなった。だから褒められてもいい筈だ。

「――――おいで、ナナキ」

ボロボロなその身体に飛び込んだ。

ああ、お母様。やはりお母様の言うことは正しいのだと思います。強くなければこの温もりを守ることはできませんでした。今ならもうその御言葉を疑わなくて済みそうです。やはり世界は素敵なのかもしれません。

だって――――こんなにも温かいのだから。

◇

くたくただった。

空の色はいつの間にか紺へ。ああ、今日も御月様は美しい。こんばんは、ナナキです。勝手で申し訳ないのですが少しお話しでもどうでしょう。御月様は太陽をどう思われますか。ナナキはとても美しいものだと思うのです。あの輝きがなくては人は生きていけないのだと思うのです。

そう語りかけてみれば、御月様は雲に隠れてしまった。

きっと太陽ばかりを褒めすぎてしまったから拗ねてしまったのだと思う。また明日の夜に謝ろう。

今日は色々なことがあったね、友よ。

友からの返事はなかった。あの一撃からナナキを庇ってくれた友はその力を削られ今は回復に努めている。助けてくれてありがとう。ゆっくりと休んでほしい、ナナキの大切な友よ。

そうか、じゃあ今日はすごく久しぶりの一人の夜を過ごすことになるのか。

それは少し寂しい。ナナキは一人が苦手だ。お母様が居なくなってしまった時のことを思い出すから。それはきっと弱さじゃないとナナキは思っている。だって、想わなければいつか忘れてしまうから。お母様がこの世界に居たことを。

ああ、やっぱり一人は嫌だな。

屋敷はもうすぐそこだ。明日にはたくさんの人に謝ろう。主にも、リドルフ執事長にも、シエル様にも。謝る相手が居るっていうことが幸せなことなんだって、そう思うから。それは一人じゃできないことだから。

エンビィとの戦いで傷付いた身体を引き摺って、ようやく屋敷の門までたどり着いた。直接的な外傷よりも、熱による攻撃でナナキの身体はもうボロボロだ。魔力ならばそう簡単には枯渇しないけれど、人間的な体力では成人男性よりちょい上くらい、熱による体力の消耗は凄まじい。

早く寝て体力を取り戻そう。次の戦いが今や明日となるかもわからない。

「ボロボロだな」

――――それはダメですよ、主。

「ただいま戻りました、我が主」

必死で取り繕った。情けない今を誰かに、何より主に見せるわけにはいかなかったから。まったく、屋敷の門に寄りかかっている主に気付きもしないとは。称えるべきはやはり貴女でしょう、エンビィ。疲労の果てがこれほどまでの身体機能の低下とは、勉強になった。

「済んだのか」

「いいえ、また同じ日が来るのでしょう。ですが私は――」

それでも、御傍に居たい。共に歩むとあの日に誓ったのだから。

「早く寝ろ。明日が辛くなるぞ」

主はナナキの言葉を遮って屋敷の中へと戻ってしまった。

ありがとうございます、良き主。明日を約束してくれて。この御恩に報いよう。主が望んでいてくれるのだから、ナナキは堂々とその傍に居よう。

お母様、今日は皆様の夢を見ようと思います。

我が主とリドルフ執事長、そしてエンビィやシルヴァ、サリアやライコウ。それに今日ナナキのために傷を負ってくれた友の夢を。きっとそれは、幸せな夢だと思うのです。またいずれ、お母様にもご報告を申し上げます。

おやすみなさい、お母様。

ネズミスレイヤーナナキ

どれだけ疲れてても日が昇れば目が覚める。

今日は主の登校日だ。のんびりとはしていられない。寝具から身体を起こしたのならばすぐさまシャワールームへと駆け込む。昨日は疲れ果ててあのまま眠ってしまった。ところどころ焼け焦げた給仕服を脱いで心地の良い温水を浴びる。ああ、きっとシーツも真っ黒だろうな。

シャワーを終えて確認してみれば、案の定シーツは煤に塗《まみ》れていた。給仕服とシーツはナナキのお給料から天引きして新しいものを買ってもらおう。それとお詫びの品も用意しなければいけない。ナナキの都合で昨日は大変な迷惑をかけてしまったのだから。

だけど、気分は晴れ晴れしい。

替えの給仕服を取り出して装着、カチューシャを付ければメイドナナキの出来上がり。おはようございます、世界の皆様。ナナキです。

最後に姿見で身だしなみを整える。今日は特に念入りに身だしなみに気を付ける。ナナキは昨日の分も働いて誠意を見せなければいけない。今日のナナキには失敗は許されない。普段通りの業務に加え、主へ朝の紅茶も用意しよう。

それでは、今日も張り切って参りましょう。

と言いたいところなのだけれど。何故か中庭から主の気配を感じる。こんな早朝から中庭でいったい何をしているのだろう。簡単だ、気になるのなら会いに行けばいい。そうと決めればナナキは速い、最後にもう一度だけ身だしなみを確認。

目標中庭、進路気配なし、衝突の危険は皆無、発射よろし。

弾着。

「おはようございます、主」

「おはよう。……いい加減突然現れるのにも慣れてきたな」

とても良いことだと思います。もっとナナキを理解して頂きたい。昨日の御恩、ナナキは忘れません。堂々と貴方の御傍に居ます。ですからもっと頼りにして頂いていいのですよ。料理とか。

「模擬剣ですか」

主の手に握られているのは騎士たちが訓練に使う模擬剣。こんな早朝から中庭で鍛錬、今までそんなことは一度もなかったのに、どういう心境の変化なのだろう。

「ちょうどいい、少し見てくれるか」

「かしこまりました」

いや、理由はなんだっていい。ナナキはただ我が主のために尽くすだけ。間違っているとそう思った時にだけ口を出せば良いのだ。でもナナキの主は立派な方だから、口に出して注意する日なんて来ないかもしれない。本当に立派な方だと思う。

「それじゃあ……」

「剣は両手で持ちましょう、主」

さっそく口で注意してしまった。

よく勘違いしている人が居るが、剣は片手で振るものじゃない。もちろん技術と力があれば斬ることはできるけれど、素人が片手で剣を振っても恐らく紙すら斬れない。見ていると意外と簡単そうに見えるかもしれないが、その実、剣を扱うのは多くの技術が要る。

「ほっ！　はッ！」

剣筋、なるほど。筋力、バランス、なるほどなるほど。重心は……なるほど。

「ほッ！　……どうだ？」

「お疲れでしょう、お茶を淹れて参ります」

「逃げることはないだろう」

別に逃げようとしたわけじゃない。ナナキに逃走はないのだ。けれど多少とはいえ困っていることは事実。さて、どうしたものか。よし、選択の自由を主に与えて決定してもらおう。メイドとはかくあるべきだ。さすがナナキ、立派なメイド。

「評価は辛口と甘口、どちらがよろしいですか」

「まずは甘口から」

「初めてにしては上出来なのではないでしょうか。とはいえ、今から騎士を目指すのであれば相応の覚悟が必要かと思います。また、努力をする時間も人より取らなければならないかと」

「……辛口は？」

「諦めて別の道を探しましょう」

「………そ、そうか」

ああ、ちょっと主が傷ついてる。でも両方聞いたのは主なのです。ナナキ悪くない。

我が主は少しびっくりするくらい運動音痴だった。全ての動作がぎこちない。残念ながらその動きの中には才能の欠片も感じられない。今から騎士を目指しても恐らく無駄だろう。であれば、無駄な時間を過ごす前に、ナナキがガツンと言わなければ。

とはいえフォローも必要だ。もちろん、剣の才能に対してではない。ナナキとしては、傷ついた主の心を癒すには美味しいお茶が必要だとナナキに提案する。ナナキとしてはナナキの提案に賛成である。満場一致、行動始め。進路厨房、ヨーソロー。

「すぐにお茶を淹れて参ります」

「ま――――」

遠慮することはないのですよ我が主。

さあ世界よ、千里の道も一歩で済ますこの様をご覧あれ。雷光を纏い厨房へと向かう。どうだろう友よ、ナナキはまた速くなった気がする。見れば友は親指を立ててナナキを称賛してくれた、ありがとうありがとう。神様の御墨付き、我は雷。うん？　我は神なり？　ンフフ、こやつめ。

「お邪魔致します」

友とじゃれ合うのも程々に、お茶の準備を始めるために厨房の中へ。本来、ナナキはどうしてか単独で厨房に入ることは禁じられている。けれどそれはナナキの料理を警戒してのこと、お茶を淹れるくらいは許される筈。

ナナキは前回の失敗を覚えている。二度も同じ失態を見せはしない。まずはリドルフ執事長の動きを完全再現、ここまでは良い。問題は温度である。まさかあの無駄に時間を掛けていると思っていた一連の動きが熱を冷ますためのものであったとは。

タネさえわかればそんなものはナナキにもできる。ナナキは特別な人間だ、お茶の一杯も淹れられないでマスターメイドを名乗ることはできない。名誉挽回、今こそナナキのメイド力を見せる時が来た。

とはいえ、だ。

紅茶の温度はどうやって適温を調べればいいのだろう。リドルフ執事長はどうやっていただろうか。完全に無駄な動きだと思い記憶していなかった。なんたる失態。カップに手を当ててみても正確な温度がわかるわけもなく、飲んで確かめればまた火傷してしまうかもしれない。

正に八方ふさがり、否ナナキ。

ナナキに諦めるという選択肢は存在しない。この胸に抱く誇りは世界を肯定することを選んだ。ナナキには全てを受け入れる用意がある。覚悟がある。苦難から逃げてはいけない。立ち向かうからこそ誇りは輝くのである。今のナナキにはこれの解が出せるのだ。

さあ、これで適温だ。主のもとへ。

「ナナキにしては遅かったな」

冷ますのに時間がかかってしまったのです、どうかお許しください。ですが今回は完璧にお茶を淹れてみせた。さあお召し上がりください。このナナキ、二度も同じ失敗を繰り返すほど愚かではありません。

「……お、普通にうまいな」

完全勝利である。思わずにっこりナナキスマイル。世界の皆様、マスターメイドナナキです。

「ちょうどいい温度だな、やるじゃないかナナキ」

思えば、紅茶の温度を確かめるなんて簡単なことだった。どうしてこんな簡単なことに気付かなかったのか不思議なくらいだ。これもエンビィとの一戦を経て得たものと言っていいだろう。ナナキは受け入れる。

「ひゃふぇどふへふぁしかふぇへばひいんでふよ《火傷して確かめれば良ぃんですょ》」

「早く冷やしてこい」

氷をたくさん舐めながら朝の仕事を終えれば、朝食の準備を手伝おうと再び厨房へ向かった。

◇

「おはようございます、リドルフ執事長」

「ああ、おはようございますナナキさん」

「何かお手伝いすることは――」

「ありがとうございます。お気遣いだけ頂いておきますね」

有無を言わせぬ良い笑顔ですね、リドルフ執事長。退室、粛々と。

ということは今ナナキは手持無沙汰だ。いいや、やることなんてものは探せばいくらでもある。

まずは今朝の清掃に見逃しがないかをチェックしよう。それから調度品の状態も――

「……ほ？」

この気配は、まさか。

最高速度で気配のする場所まで駆ける。疾風迅雷、駆けることナナキの如く。目標視認、確保。

まさかフレイラインでも出会うことになるとは、これは運命に違いない。手中で騒ぐ君にナナキスマイル。

どうもネズミさん。ナナキです。

丸々と太ったその身体、大変よろしいと思います。ナナキは鼻が利く、このネズミさんはどうやら病気は持っていないみたいだ。いくら遥か昔の街並みが残ってるからといっても、インフラは最新だ。人の出すゴミにはありつけないだろうに。君は何を食べて生きていたのだろう。

弱肉強食、百獣の王よりもナナキは強い。出会ったが最後、どうかナナキに美味しく食べられてほしい。いや、せっかく手に入った食材だ。これはリドルフ執事長に食べてもらおう。それにナナキはシエル様の件で一週間はお肉を食べてはいけない戒めを課しているのだった。

だけど一つ問題がある。

どうやら普通の人はネズミを食べないらしい。もしこの子を料理してリドルフ執事長に食べてもらえなければ、この子の命は無駄になってしまう。それは良くない、自身の血肉にするための捕食とは違う。譲れないものがあるのならともかく、無駄な殺生はいけないとお母様も言っていた。

「……もうナナキの前に現れちゃダメだよ」

次は食べちゃうぞ。

ネズミは大慌てで中庭から出ていった。ネズミは賢い、もうこの屋敷に潜り込もうとは思わないだろう。御達者で。

「あっ」

見送ったネズミは鷹に捕まった。そういえば貴族の間では鷹狩とかが流行っているとか。ここは貴族の都フレイライン、鷹が飛んでいるところは確かによく見る。ネズミは悲しい断末魔を上げながら空へと消えていった。

……御達者でッ！

郷愁のサムライソード

友が元気になった。

昨日はナナキを守ってくれてありがとう、おかげでナナキは元気だ。なに？　レディを守るのは紳士としての義務？　さすがはナナキの友だ、君は男前な神様だ。でも時々思うのだけど人間に厳しいくせに人間よりも人間らしいよね君は。痛い痛い、やめて叩かないで。敬う心が足りないと怒られた。親しき仲にも礼儀あり。

「到着です」

御者の小父様の声に、すぐに馬車を降りて扉を開けた。真心を込めて我が主をエスコート。ナナキがメイドとして付き添った初日が懐かしい。今となってはナナキたちに侮蔑の視線を送る者もずいぶんと減った。もちろん零《ゼロ》ではない。けれど確実に減っているのだからこれは進歩だ。

我が主は栄光への道を着実にお進みになられている。その立ち居振る舞いや表情にはもはや弱者だった頃の面影はなく、そこにはただ強者の姿が在る。堂々と胸を張って歩くのは存外に難しい。どうしてか人間は恥を恐れるからだ。そのために誇れる自分でなくてはならない。

全てを受け入れる覚悟を持とう、肯定した世界のために。

「よおゼアン。待ってたぜ」

「……おはよう、ヴィルモット。新しい付き人か」

もちろん君も受け入れよう、ヴィルモット・アルカーン。

「ああ、そうだとも。何が言いたいかはわかるよなぁ？」

再起を図る、今の状況に腐らずに未だ心が折れていないのは称賛すべきだろう。たとえどんな人間が相手であろうと、認めるところは認めなければいけない。ナナキとしてはこれまでの非礼を詫びずにすり寄ってくる同級生よりも、ヴィルモット・アルカーンの方がまだ好感が持てる。

人格はともかくとして、貴族としての誇りだけはしっかりと持っているようだ。少し違うベクトルな気もしなくはないが。

「――――まさか東方の血を引く者が私以外にも居るとは……」

ヴィルモット・アルカーンの新しい従者の方はナナキを見てぽつりと漏らした。

印象的なのはスラッとした長身にナナキと同じ黒い髪。肌の色も似ている。一見にしてみれば細身の美しい女性だ。けれどその実、身体は良く鍛えられているし、さり気ない一つ一つの動作は帝国騎士に劣らないほどに洗練されている。素直に素晴らしいと言えるだけの身のこなしに思わず拍手をしたくなった。なので心の中で拍手、パチパチナナキ。

「ヴィルモット様。こちらの御方の従者はメイドのようですが」

「だからなんだってんだよ」

「武器も持たない相手と戦えと、そう仰るのですか」

ヴィルモット・アルカーンと会話をしながらも、彼女の瞳はナナキだけを見ている。初めまして、ナナキです。

目の前に居るこの女性は強い。もしかすると帝国騎士にも匹敵するかもしれない。けれどナナキには遠く及ばない。これは慢心ではなくただの事実、彼女とナナキにはそれだけの力の差が存在する。彼女にそれが理解できるかは定かではないけれど、その不思議な武器を向けるのであればナナキがお相手しよう。

でもできれば仲良くしてほしい。友好のナナキスマイル。

「恰好に騙されてんじゃねえ！　このメイドは化物なんだよッ！」

残念、化物扱いには慣れている。友好のモンスタースマイル。

「同族と戦うのは気乗りしませんが、戦えと言うのなら戦いましょう。ですがよろしいので」

「あぁッ!?」

「このまま戦えばまた敗北を喫することになるかと。何が何でも勝利したいのであれば相手を知ることです」

なんと清々しい人だろう。立ち居振る舞いもそうだけど、気位が感じられる。やはり実力相応の人格者なのだと思う。であれば、それはナナキにとってはとても好ましいと言える。でも好きとまでは言わない。

「ということで、アキハ・シノハラです。仲良くしましょう」

ナナキこの人好きだ。

「ナナ・ナナと申します。こちらこそ、よろしくお願いします」

すぐに差し出された気高いその手を取った。ああ、シエル様。ナナキに偽名を作る機会を与えてくださってありがとうございます。やはり貴女は素晴らしい人だと思います。心は。

「んぐ……んんっ」

だからどうして噴き出すのですか我が主。

◇

主が授業中の間は従者は何もすることがない。となれば友好を深めるのは当然と言える。アキハさんも同じ考えだったようで、ナナキたちは校舎の屋上で話すことにした。たとえどこであろうと何かあってもナナキなら駆けつけられる。マスターメイドの嗜《たしな》みだ。

「……気になりますか？　カタナという武器です」

カタナ。聞き覚えのある名称だ。帝都にあったとても古い書物に記載されていた古代の武器。刃は薄く、耐久性は皆無。だというのに達人が扱えば斬れないものはなく、折れもしないのだとか。

確か別の名称もあった筈だ。

「伝説のサムライソードですね」

「まあ、そうですね。これは本物ではなく、今の時代に合わせて作られたものですけど」

作られた。確か書物によればサムライソードの製造は非常に難しく、その技術は失われてしまったとあったけれど。もしその技術が失われていなかったのだとしたらもしかするとアキハさんは歴史的に重大な存在なのでは。ロストアーツ現代に蘇る。

「ナナさんは日本人と呼ばれる人種をご存じですか」

「いえ」

「やはりそうですか。ご自身のことですよ。その黒い髪と顔立ちは東洋のものですから」

ニッポンジン。実のところナナキは幼少を大自然で過ごしたせいで歴史には詳しくない。エンビィ協力の下、聞かれれば大雑把に答えられる程度の知識は得たけれど、ニッポンジンは知らない。何しろ千年以上も前のことだ、機会があれば程度に考えていた。

人種と言っていた。確かにナナキのこの黒い髪はお母様以外には見たことがなかったけれど。するともしかしてニッポンジンは珍しかったりするのだろうか。ナナキは希少種だった？　さすがナナキ、特別な人間。

「私たち日本人の本当の故郷は神界戦争時代に沈んでしまったそうです」

「沈む……？　大陸がですか？」

「生まれたのが大陸ですからね、そう思うのもわかります。ですが、私たちの故郷は島国だったそうですよ。小さな、それでも強い国であったと聞かされています」

つまり、神界戦争時代にその島国から大陸へと移ってきたのがナナキたちのご先祖様、ということだろうか。神々が争いあったという熾烈な時代であれば、それは島の一つや二つは沈んでしまうだろう。

「国を捨てて逃げ出してきた東洋人は大陸に馴染めなかったそうです。酷い差別を受け、その数を次第に減らしていったと。今では数が減りすぎて差別すらも自然消滅しましたが」

本当にナナキは希少種だった。

「私の家は日本人の誇りを忘れてしまわないように、代々その心を伝えてきました。日出ずる国。とても素敵な国であったそうです」

エンビィもニッポンジンだったのかもしれない。

「家族以外で初めて同族に会えました。とても嬉しく思います」

「私も思わぬ自分のルーツを知ることができました。ありがとうございます、アキハさん」

「私たちの主、というよりは私の主が一方的に絡んでいるだけのようですが。いずれ決闘を行うのだとしても、それが終わっても良い関係でいたいと思います」

「こちらこそ」

もしかしてこれは友人と言って差し支えないのでは。大変です、お母様。ナナキに新しいお友達ができました。驚いてください、なんとニッポンジンです。ナナキやお母様と同じ人種だそうです。故郷はもうないそうなので、アキハさんから色々とお聞きしようと思います。

「あっ」

アキハさんの頭上に悪い虫がいる。あの虫は人を刺す攻撃的な虫だ。これはいけない、ナナキの友人はナナキが守らなければ。なに？　俺が最初の友達？　もちろんじゃないか友よ。それはこの先何があろうと変わることのないナナキと君の関係だ。

それではいざ、害虫駆除——と思ったのに虫が真っ二つに切れた。

神速、までは届いていない。彼女は超越者ではないのだから当然だろう。けれど、その速さは人間としてならばある種の限界に到達していると言っていい。刹那の抜剣、目標を両断し納める。鮮やかな一連の動きは帝国騎士にもまるで劣らない技量を窺わせる。

「居合という技術です」

「決闘前に手の内を見せてよろしいのですか？」

「通じる相手ではないでしょうから」

綺麗な笑みだった。笑顔ならナナキも自信がある。栄光のナナキスマイル。世界に届けナナキの笑顔。

「可愛らしい笑顔ですね」

「ありがとうございます」

綺麗な笑みのつもりだったのはナナキの心の内にしまっておこう。

刀身にナナキを受けてしまってな

三時間という時間は思ったより長い。主たちが授業を受けているこの時間にナナキたち従者は互いに友好を深めたり、食事を取ったりする。授業が終われば主たちの昼食の世話があるからだ。主と一緒に食事を取る従者なんていない。

互いに食事を取ったあと、ナナキとアキハさんは少しばかり手合わせをしようという流れになった。ナナキとしてはこれに異存はなかった。喜んでナナキの胸をお貸ししようと思う。これがアキハさんの成長に繋がるのならば良いことだ。

腰を落としながらカタナを抜かずに構える特徴的なスタイルもさることながら、アキハさんが身に着けている鎧もまた珍しい。あまり見かけない、随分と軽装なその騎士鎧は必要最低限の場所しか守っていない。胸当てに肘、腕に足。恐らくは機動力を重視したものだろう。なかなか剛毅な設計だ。

「参ります」

「はい」

古代の技術、いわゆるエンシェントアーツと呼ばれる居合。尋常ではない抜剣速度で目標を両断し納める。理論や理屈に興味はない。見て感じる、これもナナキの成長に繋がる。この手合わせはお互いにとって益のあるものとなる。

「————ッ」

呼吸を止めたと思えばその剣は既に抜かれていた。初速は上々、並みの騎士であれば両断されてしまうかもしれない。けれど手合わせということで少しばかり加減しているのだろう。この程度では帝国騎士のほとんどが反応できる。

一歩も要らない。少しばかり踏み込みが足りなかったのだろう、得物の長さも相当にあるがそれではナナキに届かない。なんて、慢心すると命取り。剣先の魔力が尋常ではない。あれは飛んでくる。魔力を帯びた一閃、飛んできた魔力を手ではたく。ぺしぺし。

刹那の間も空けずに迫る第二撃。ゆらりと刀身が揺れた。認識をずらす魔法、或いは技術なのだろう。なるほど、これでは避けるより他にないのだろう。そして避けたところに必殺の一撃を叩きこむ。素敵なシナリオだった。

でも私はナナキ、刀身もぺしぺし。

「……デ、デタラメですね」

割とよく言われる。アキハさんは諦めたように構えを解いた。圧倒的実力差で空気を悪くしてもいけない。ここは空気が和むような一手が必要だ。満を持してナナキの新技を披露する時が来たようだ。輝けダブルフィンガー。友愛のナナキピース。

「ナナさんはやはり元帝国騎士……と思っていいのでしょうか」

無視された。

「……そうですね。あまり言い触らされても困ってしまいますが」

嘘ではない。五帝も大雑把に言えば帝国騎士と言っていい。違うのは与えられる権力と有している力だ。皇帝陛下、五帝、帝国魔法士、帝国騎士といった具合の序列はもちろん存在するけど。

「噂には聞いていましたが……帝国騎士は本当に天才ばかりなのですね」

「ありがとうございます」

謙遜はしない、それは誇りを汚す行為だ。ナナキが強く才能があるのは事実、であれば堂々と称えられよう。でも褒めてくれてありがとうございます、アキハさん。

基本的に帝国騎士になれるのは周囲から天才と呼ばれる人間たちだ。天才と呼ばれる彼らが努力してようやく至る地位、それが帝国騎士。そしてその天才たちが残りの生涯を費やして並々ならぬ努力をしても届かない天上の地位、それが五帝だ。

人の枠に収まっているうちは五帝には決してなれはしない。誇り高き信念、それこそたとえ相手が神であろうと貫き通すだけの力を持たなければならない。だからこその超越者。ナナキたち五帝の力は神を下す。そして神を従え更なる力を持つのだから正しく天上の存在。

もっとも、ナナキは神を従えはしない。大切な友達だから。

「ナナさんから見て、私は帝国騎士になれると思いますか」

「本心から試験には合格すると思います。帝国騎士に興味があるのですか？」

「はい。帝都には私たち日本人が愛したという桜の木があるそうです。私はそれを見てみたい」

ナナキはその木を知っている。帝都に来たばかりの頃にエンビィが教えてくれたあの美しい木。薄紅色の花びらが舞うあの光景は忘れない。ニッポンジンは良い趣味をしている。確かにあの木は美しく、綺麗だ。ナナキが見た花の中でも桜が一番綺麗だった。

「でもナナさんの動きを見て少し自信をなくしました。やはりもう少し修練に励んだ方が良さそうです」

「頑張ってください」

謝る必要はない。これはアキハさんの心構えと考えだ。元五帝というところを隠しているから少しばかり申し訳なさを覚えるけれど、これもまた苦難の一つですよアキハさん。それを乗り越えた時、貴女はまた一つ強くなれる。だから贈る言葉はこれで合っているのだ。

「もうすぐ主たちの授業が終わりますね。戻りましょうか」

なんと、もうそんな時間。真面目に授業を受けているであろう主を出迎えるのはメイドの務め。走れナナキ雷の如く。出迎えに遅れるなどあってはならな――着いた。間に合ったよ、友よ。

「……縮地は実在したのですね」

後からやってきたアキハさんはよくわからないことを呟《つぶや》いていた。

◇

「どうだった」

「前回の方も素晴らしい騎士でしたがアキハさんは別格と言っていいでしょう。帝国騎士に匹敵します」

下校の時間、帰宅の準備を終えて教室を出る主の後ろに続く。小声で尋ねられたのはアキハさんのこと。恐らくアキハさんも今頃ヴィルモット・アルカーンに同じことを尋ねられているのだろう。決闘という行為が貴族の間では特別な意味を持つのであれば気にするのは当然だ。

「今また決闘を行って負けるわけにはいかない。任せるぞ」

深い信頼の御言葉を頂いた。一礼にて忠義を示す。このナナキは主の剣、障害はどんなものでも振り払ってみせる。

「しかし帝国騎士に匹敵するとは……また金を掛けてきたな」

「堂々と在ればよろしいかと」

強者であるのならば臆することはない。貴方は金銭では決して手に入れることのできない力を持っているのだから。あの日踏み出した一歩、その勇気と誇りを忘れてはいけない。凜として頂かなければ。

「ナナキから見てどうだ。彼女は」

「実力、人格共に素晴らしい方です。先ほども言いましたが帝国騎士になんら劣りません」

「決闘ではどうだ」

「秒で圧勝です」

「……改めて考えるととんでもないメイドだな」

ややや強引だけど褒められていると解釈する。ありがとうございます、良き主。ん、どうかしただろうか友よ。なに？　前？

「ゼアン様ー！　ナナさーん！」

デヴ。じゃなくてデジャヴ。

校舎を出てすぐに聞こえた覚えのある声。見れば校門からシエル様がどんどこ駆けてくる。額には玉の汗、鼻息がブモモと響く。それでも我が主との距離を詰めるために走るのだから、やはり愛情の深い方だ。手くらい振ってあげたらどうでしょうか我が主。

我が主は少し困ったような表情を浮かべて頭に手を当てている。ふむり、つまるところ連日婚約者に出迎えられるのが恥ずかしいのかもしれない。周りは同級生も多い。こういった熱愛部分が露見するのは色々とよろしくないのかもしれない。

けれどやはり婚約者がわざわざ出迎えに来てくれてるのだ。たとえ足音がドンドコドコドコでも両手を広げて迎えてあげるべきじゃないだろうか。サリアから借りた本にもそういったシーンはよくあった。それとなく主に伝えた方が良いのだろうか。

いや、それは出しゃばりすぎだ。メイドとして慎ましく在ろう。

「……ひっふっ！　ふっふっ……！」

が、頑張ってくださいシエル様。あと少しです。もうちょっと。

滝のように流れる汗にも負けずシエル様は走る。愛に向かって走る彼女をナナキは恰好良いと思うのだ。けれど走る度に揺れるそのお肉はやはり頂けない。生活にも色々と支障が出るのではないだろうか。何より健康面、人間は健康でなければ長生きできない。

「……ひっひっ……ナ、ナナさん……！」

あと三歩です、シエル様。だけどここまで来たのだ、もう十分だろう。まずは昨日の非礼を詫びよう。シエル様には最高の一日と思えるだけのお世話をしようと思っていたのに、ナナキの都合でそれは成らなかった。

「シエル様、昨日は大変な失礼を――」

「ナナさんッ！」

「――致しましぐむぅ!?」

肉に包まれた。

乙女の本能

「ああ、ナナさん！　ありがとうございます！」

ナナキべっちゃべちゃ。

「昨日ゼアン様からお聞きしました。私の大事な人を救ってくれてありがとうございます！」

汗まみれのシエル様に包まれてナナキはべちゃべちゃになった。もちろん避けることもできたのだけど、既に満身創痍のシエル様はナナキが受け止めなければ大地にヘッドバットしていた。ナナキ以外の人間は大地にヘッドバットしてはいけない。最悪死んでしまうから。

感極まったシエル様から解放されたのはおよそ三十秒ほど経ってからだった。ナノキの肺活量でなかったら窒息死していた恐れがある。とりあえず屋敷に戻ったのならば迅速に着替えよう。シャワーも必要だ。今のナナキはきっととんでもないことになっている。

良く鼻の利くナナキにとっては臭《にお》いもなかなかに厳しいものがある。僅かに香る香水も既に虫の息。どころか猛烈な汗の臭いと混じってキメラ的な臭いがする。正直に言おう。ナナキは今、倒れそうだ。大自然では役に立った嗅覚は文明生活では何かと不便なことが多い。

「申し訳ありませんシエル様。状況がよく理解できていません」

「ですから全てお聞きしたのです！　アルカーン伯との決闘のことも！」

なるほど、その件でしたか。

けれどそれは勘違いというもの。ナナキは主に対してこうするべきだ、ああするべきだと口にした覚えは一切ない。全ては主が勇を抱き誇りを持ってその一歩を踏み出したからこそ成った道。であれば称賛されるべきはナナキではなく我が主。

なのだけど、感極まっているシエル様にそれを説明するのは中々に骨が折れそうだ。呼び方がナナさんのままということはナナキの正体までは話していない様子。さて、どうしたものか。

「続きは屋敷に戻ってからにしたらどうだシエル。あまり遅くなっても御父上が心配するだろう」

「あ、あらいけない。つい感極まってしまって……ごめんなさいね、ナナさん」

良き主、感謝致します。

「いえ、お気になさらないでくださいシエル様」

ナナキはシエル様の美しい心が好きだ。だから今できる最高の笑顔をお届けしたい。参考にするのならばやはりお母様だろう。美しく、包容力のあるあの素敵な笑顔。ナナキの容姿は幸いお母様にそっくりだ。今ここに奇跡の表情を。追憶のナナキスマイル。敬愛なるお母様、ナナキです。

「ナナさんの可愛らしい笑顔を見ていると癒されますね。素敵な笑顔だと思います」

「……ありがとうございます」

お母様の高みにはまだまだ届かないようです。不出来な娘を叱ってくださいお母様。

「では参りましょうゼアン様、ナナさん」

シエル様が振り返ったタイミングで主を見た。視線が合えば主は静かに頷いた。かしこまりました、我が主。

「申し訳ありませんシエル様。実は本日も主より用を申し付けられておりますので」

「今日もですか？　……あら？　お待ちになってナナさん。確か昨日は私たちよりも早くお屋敷へ戻っていませんでした？」

おっと、困ったぞ。

主の紳士的な機転によって昨日は馬車のカーテンが閉められていた。だからナナキが馬車の重量問題と奮闘していたことまではわからないだろう。しかしシエル様は良いところに目を付けてきた。何か良い申し開きはあるだろうか。

「簡単だシエル。アルカーンの雇った騎士に決闘で勝つメイドだぞ。魔法くらい使える」

「あら、言われてみればそうですね」

本当ですね。なんで気付かなかったのだろう。

ナナキは我が主にフォローされる情けないメイドだった。精進しよう。特別な人間であることを証明するために。そう心に誓って馬車の扉を開いて待機した。御二人が乗車するのを待ってから静かに閉じる。さて、本日もよろしくお願い致します、小父様。

御者の小父様は背中越しに親指を立てていた。共に窮地を乗り越えたナナキと小父様の間には最早言葉は不要だった。戦友とは良いものです、お母様。

◇

「粗相のない様にお願いしますね」

「肝に銘じます」

シエル様たっての願いでお茶をお出しするのはナナキの役目となった。もっともお茶を用意したのはリドルフ執事長だ。ディナー前ということで御茶請けは少量、シエル様には物足りないかもしれない。恥をかかせないようにおかわりの提案はナナキからしよう。

今は速さは必要ない。ゆっくりと優雅に中庭まで運ぶ。茜空の下で語り合う御二人の姿は正に貴族そのものだった。少しだけ、いやかなり、片方だけサイズがおかしいかもしれないけど。

「お茶をお持ち致しました」

「あら、ありがとうございますナナさん」

これはナナキの仕事なのだからお礼は必要ないのですよシエル様。でも気持ちだけは受け取っておこう。本当に気持ちの良い人だと思う。

「さあ、ナナさんもお座りになって」

「いえ、それは」

どこの世界に主とその婚約者が語らう場に腰を下ろせる従者が居ると言うのか。厚意は大変に有り難いがご遠慮させて頂こう。たとえ主の許しが下りてもナナキがその椅子に腰を下ろすことはない。申し訳ありません、シエル様。

「命令だ、座れナナ」

許しじゃなくて命令が飛んできた。着席、粛々と。

この命令に背いて主に恥をかかせるわけにはいかない。ここはナナキが恥知らずなメイドという汚名を被ってでも主の顔を立てるべきだとナナキは判断する。従者が主の命令に背くなどあってはならないのだ。

しばし御二人の他愛のない歓談が続いた。ナナキは置物と化すことにだけ集中した。動かざることナナキの如く。時折に飛んでくる話題には当たり障りのない相槌で済ませる。少しそっけないのかもしれないが、そもそも婚約者同士の歓談の中に身を置いていること自体が異常なのだ。

慎ましく在ろう。

「それにしてもこんな素敵な従者にどこで出会ったのですか？　ゼアン様」

「路地から飛び出てきたんだよ。死にかけた」

「まあ、ゼアン様ったら」

素敵なジョークですね、とシエル様は笑った。ナナキは笑えなかった。でも主は笑っていた。その懐の深さには頭が下がる。

「そうだ、ナナさん」

「はい」

どうやらまだナナキの話題は続くようだ。多少の居心地の悪さはあるけれど、メイドとしての務めを果たさなければいけない。弱音を吐くにはまだ早すぎる。何なりと仰って頂きたい。

「ナナさんさえ良ければお友達になりませんか？」

「――――大変に恐縮ですが……従者のこの身には過ぎた御言葉かと」

「そ、そうですよね。ナナさんにも立場というものがあるのに……申し訳ありません軽率でした」

「いえ、嬉しく思います。ありがとうございます、シエル様」

間違ったことは言っていない、と思う。だけど、どうしてかシエル様のその申し出に胸がぐにゃぐにゃした。シエル様は大変に素敵な方だ。そんな方に友人にならないかと言われれば嬉しい筈なのに。何かが引っかかるような、いや、これは警戒？　何を？

もしかして病気だろうか。ナナキは健康には自信があるのだけど。物心ついてからは病気に罹《かか》ったことはただの一度もない。帝都で質の悪い病気が流行した時もナナキだけは無事だった。医者にも掛かったことのないこのナナキが病気？

「ゼアン様、ディナーの準備が整いました」

「ああ、わかった。悪いシエル、先に行っててくれ。ナナに言い付けた用事の件で話がある」

「わかりました。では先に向かっていますね」

医者に掛かった方がいいのだろうか。如何にナナキが特別な人間だと言っても完全ではない。もしも質《たち》の悪い病気であったら取り返しのつかないことになるかもしれない。近いうちに主に休暇を申請しよう。近くの病院も調べておかないといけない。

「ナナキ」

「――――あ、はい。どうしました？」

「それはこっちの台詞だ。さっきのことなら気にしなくていいと思うぞ。従者として当たり前の回答だ」

そうだ、あの時ナナキは間違っていない筈。それなのに、どうしてこんなにぐにゃぐにゃするのだろう。

「主はシエル様をどう思っているのですか？」

気付けば口が動いていた。

「俺の婚約者で心の美しい人だよ」

ナナキもそう思う。何故ナナキはこんなことを尋ねたのだろう。今のナナキは何かがおかしい。友よ、ナナキはどうしてしまったんだろう。友は何も答えずに静かに首を横に振っていた。

「だけど、まあ俺にも外見的な好みはある」

「口に出すことではありませんね、主」

「だな、反省する」

主が柔らかく笑った。その優しい笑顔にナナキも釣られて笑ってしまう。

「さて、早く行かないとリドルフにどやされる」

「はい……あれ？」

「どうかしたか？」

「……いいえ、なんでもありません」

「そうか？」

いつの間にか病気は治っていた。

第三章

強襲のシスター

――拝啓、お母様。

帝都を離れたあの日から、およそ一月が経ちました。もう長らくお母様の眠るお墓へご挨拶に伺えておりません。親不孝をお詫び致します。ですが、次にお母様と会うその日は全ての約束を果たしてからにしようと思うのです。自分勝手な娘で申し訳ございません。

貴族の都フレイラインにも初夏の訪れが近いようで、最近は雨ばかりです。今の生活にも次第に慣れ、過ごしている日常に幸福を覚えることも少なくありません。やはりお母様の仰った通り、世界は素敵なのだと思います。

少しばかり前に、ナナキの心の姉とも呼べる方と剣を合わせることになりました。予言の次はどうやら呪いを背負ってしまったようです。これがお母様ならもっと上手にこなしてみせるのでしょう。まだまだ未熟、お恥ずかしい限りです。

ですが、ナナキが選択した道です。それが正しい選択だったのかはわかりません。けれど後悔はしていないのです。まだその選択の答えが出ることはないのでしょう。それがいつになるのかはわかりませんが、答えが出たその時はお母様の墓前でご報告申し上げようと思います。

雨ばかりでナナキにはわかりませんが、お母様の居るその場所には蒼が広がっているのでしょうか。不肖の娘ではございますが、お母様の安眠を願わせてください。またいずれご報告申し上げます。その日まで、おやすみなさいませ。

◇

――そういえば、あの日も雨だった。

お母様が亡くなったあの日にも、冷たい雨が降っていた。約束を終えて事切れたお母様に縋りついて、何日も泣いていた。お墓を作ってからは獣に掘り返されないようにずっと見張っていた。何日も、何日も。温もりのない日々を過ごした。

そして六年前、君に出会ったね友よ。

あの日も雨だった。どうやらナナキは雨に好かれているみたいだ。心配しなくて大丈夫だよ、落ち込んでいるわけじゃない。ただ少し、お母様との日々を、別れを思い出していただけだよ。今はもう、ただ泣くことしかできなかったあの頃のナナキじゃないから。

「窓の外に何かあるのか」

いつの間にか主がナナキの傍まで来ていた。いけない、やはり少し感傷に浸っていたのかもしれない。主の気配に気付かないとは。反省しよう。

「いいえ。よく降るなと思いまして」

「そういう時季だからな。大昔はそんなこともなかったらしいが。神界戦争の傷跡の一つらしい」

主に嘘をついてしまった。けれど多分、これで良いのだと思う。人に聞かせるような話ではない。

少なくとも、主とナナキの間で語るようなことではないから。

「それで、本当は何を考えていたんだ」

「ですからよく降るな、と」

「つまり雨に現《うつつ》を抜かして鈴の音を聞き逃したと？」

なんてことを。

「も、申し訳ありません主っ！」

平伏叩頭、最速のヘッドバット。

いくら感傷に浸っていたからと言ってメイドとしての職務を果たさず雨を想うなんて言い訳ができない。なんたる失態。友よ、後でナナキの頭を力強く殴ってほしい。そうすれば目が覚めるかもしれない。

「で、何を考えてたんだ」

「……秘密、で通りますか」

「まあ、いいだろう」

「感謝致します」

主の器量には頭が下がる。それに比べてナナキと来たら、これでは特別な人間だなんてとても言えない。この良き主に相応しい従者で在れるように努力をしなければいけない。挽回しよう、すぐにでも。

「どのようなご用件だったのでしょう」

「客……というわけじゃないが、人が来ることになった」

「では到着されたようですね」

屋敷の敷地内に二人分の気配が増えた。ナナキが呆けていなければもっと準備する時間があった筈、この失態は大きい。

「早いな……さっき連絡が来たばかりだというのに」

「お出迎えの準備を致します」

「ナナキが来ないからリドルフに頼んだよ」

「……申し訳ありません」

「反省なら後にしてくれ。俺のメイドが人前でそんな情けない顔をするのは許さないぞ」

「はい」

そうだ、凜と在らなければ。失敗をしたのなら取り戻せば良い。幸いにも取り返しのつく失敗なのだから。主の言った通り反省は後に回そう。今は我が主のメイドとしての義務を果たす。ということで友よ、その振り上げた拳は下ろしてほしい。勝手なことを言ってすまない。

出迎えのために玄関まで移動する主の後ろを歩く。けれど思ったよりも早く玄関の扉は開いてしまった。それも豪快に。

けたたましい音を立てながら開かれた両扉。勢い良く開けたせいで限界まで開いた扉は当然戻ってくる。そんな扉を細い脚で蹴飛ばす怒り顔の女性。サイドに束ねられた長く美しい黄金の髪、鋭い視線を向けてくる両の瞳は透き通った蒼星石。黒のワンピースに身を包むその綺麗な女性は、どう見ても主の御家族だった。

「お久しぶりね、お兄様」

「相変わらずだなミーア」

ミーア様。主のことをお兄様と呼んだことからして妹君なのだろう。ミーア様の後ろで控えている女性は恐らく従者なのだろう。女性なのにどうしてか着ているのは黒の燕尾服。茶色の短い髪に琥珀の瞳、その凛とした顔立ちには見覚えがある。

あの日、この屋敷の上で捕まえた不届きタイガーさん、その人である。お久しぶりです、ナナキです。なるほど、あの時の主やリドルフ執事長の複雑そうな表情に得心がいった。事情の察しは付かないが、何か御力になれることがあれば良いのだけど。

「急に帰ってくるなんてな。帝都の魔法学院を退学にでもなったか」

「もう卒業資格をもらったから帰ってきたのよ。私はお兄様と違って天才なの。十月の帝国魔法士の試験まで家で過ごすわ」

もしそれが本当なら、本当に天才と言っていい。帝都の魔法学院は幾つかあるけれど、どれも並みの学力、才能では入学はできない。それも既に卒業資格をもらったと仰っている。この時期に卒業資格がもらえるのだとしたらその才能は本物なのだろう。さすがは主の妹君。

「それが例のメイドね」

どうしてか睨まれてしまった。怖い顔をして迫ってくるミーア様にナナキスマイル。初めまして、ナナキです。一月ほど前からこのお屋敷でお世話になっています。マスターメイドを名乗っておりますが本日は一時返上中です。明日取り返します。

「また綺麗なメイドを雇ったものね。いやらしい」

「お前はまたそういうことを……」

褒めて頂けた。口調は少しばかり辛辣《しんらつ》だけれど、根は良い人なのかもしれない。いや、主の妹君なのだ。きっと良い人なのだとナナキは信じたい。そのための努力をしよう。

「初めまして、ナナキと申します」

まずは挨拶が必要だ。当然の行為と言われるものはいつだって大事なことである。

「ナナキ？」

少しばかり迷ったが、主の親族だ。ここで嘘をついてもいずれバレてしまうだろう。であれば真実を告げるより他にないとナナキは判断する。

「メイドのくせに大それた名前ね。雷帝ナナキ様と同名だなんて」

はい、そのナナキ様です。ん、ナナキ様？　ナナキは帝都を出るときに誇りを貫くために五帝と戦った。そのナナキを様付け？　帝都ではナナキの扱いはどうなっているのだろう。さすがに五帝は外されていると思うのだけど。

「随分と腕が立つそうねナナキ。うちの従者が手も足も出なかったとか」

「恐れ入ります」

「へえ、謙遜しないんだ」

はい、しません。ナナキは強いので。ですがミーア様相手にそれを披露するつもりはありませんのでどうかご容赦頂きたい。

「あまり絡むなよミーア」

「才能のないお兄様は黙ってて。私は帝国魔法士になってアルフレイド家を再興するの。そうなれば私が当主よ。家のことは私に任せてお兄様は大人しくしていればいいのよ」

なかなかに熾烈な方だ。次々に捲《まく》し立てられた主は疲れた顔をしている。あまり兄妹の仲はよろしくないのだろうか。

「だからあの豚とお兄様が結婚する必要はないの。さっさと婚約なんて破棄すればいいのよ」

「はぁ……シエルは心の美しい人だよミーア。そういう言い方は良くないぞ」

「はぁ？　私は見た目のことを言ったのだけど？　私が間違っているとでも？　あれが豚じゃない

と？」

「…………」

そこで黙ってはいけません、我が主。

「私がこの家に居る限りあんな豚を一歩もこの屋敷には入れさせないから」

シエル様は本当に優しい心を持った気持ちの良い人だ。けれどやはりネックとなっているのはその体型なのだろう。外見で人を判断してはいけないのはわかる。けれど外見もその人の一部だというのもわかる。なんともままならない。

兄妹なのですから仲良くしてはいかがですか、と出過ぎた真似をしたくなる。

「それとナナキ、貴女のことも見てるからね。お兄様を誑《たぶら》かすようならすぐに追い出すから」

あれ、もしかしてお兄様のことが大好きなのでは。

サンダーウォール

「ナナキ、タオルを持ってきなさい。ふかふかのじゃないと許さ――」

「お持ち致しました」

「私の靴を全て磨いておきなさい。何時間掛かるか知らな――」

「終わりました。ご確認ください」

「ナナキ、お茶を持ってきなさい。好みはリドルフから聞いて」

「おはふぁへふぃはひはいあ《お待たせ致しました》」

輝いている。ナナキは今輝いていますお母様。

ナナキとミーア様は大変に相性が良いということが判明した。ナナキが特別な人間であることをミーア様は理解してくださっていると言って良いだろう。余所様のメイドのことは存じない。けれど私はナナキ、であれば本来担当すべき仕事量はこれくらいが妥当と言える。

いや、まだ少し物足りないくらいだ。我が主もリドルフ執事長ももっとナナキのことを頼ってくれていいのだ。我が主、ミーア様、リドルフ執事長の御三方から仕事を任せられるくらいでようやく妥当と言ったところだろうか。それこそナナキが特別であることの証明に値する。

ミーア様の次の申し付けに応えられるように準備も欠かさない。言われたことをするだけなら誰にでもできる。それは特別ではない。言われたことを進めつつ、次に言われるであろうことまで準備し、その間にも他の仕事を受け入れる用意がある。これこそ特別と言える。

誰にでもできることではないことを成し遂げるからこそナナキ。特別でなければこの作業効率は叩きだせない。何より、この速さで作業を行えるだけの反射神経と才能がなければ話にならない。友よ、やはりナナキは特別だ。いや、返事は要らない。知っているから。

「満足したかミーア。ナナキの方は大満足みたいだが」

「物凄いニコニコしてますね、ナナキさん」

超越のナナキスマイル。世界の皆様、ナナキです。

「確かに優秀ね。認めるわ」

ありがとうございます、ミーア様。

事の発端はミーア様がナナキのメイドとしての実力に疑問を持ったことから始まった。そんなことは口で説明したって意味がない、目の前にナナキが居るのだから試してくれれば良い。ミーア様も同じ考えだったようで、それからすぐにナナキは太陽のように輝いた。サンシャインナナキ。

「そう、優秀と認める。けれどごめんなさいねナナキ。今のアルフレイド家には貴女のような優秀なメイドを長く雇っておけるだけの余裕がないの。リドルフ、ナナキとの契約書を持ってきなさい」

　金銭の問題。契約内容については相互で承諾を済ませている。ナナキが必要以上の給金を要求することはない。けれどこれもナナキが言ったところで何も意味はない。見て確認する、大事なことだ。ミーア様はナナキにとって好ましい御方だ。

「給与なら心配ないぞミーア」

「お兄様は黙ってて。どこで拾ってきたのか知らないけどもうちょっと能力低いメイドを選びなさいよね」

　辛辣。

　だけどこのナナキの目は誤魔化せない。一見我が主に対して辛辣に見えるミーア様。しかしその実は兄である我が主のことが大好きで仕方がないのだとナナキは判断する。まず目だ。主を見ている時の目はつり上がってはいてもその奥には愛情が見える。

　対して、ナナキを見ている時の目。これはゴミを見る目だ。敵意ももちろん相応に込められているが、それ以上に存在の否定を強く感じる。多分、原因はナナキが女性だからだ。これればかりは改善する方法がない。せいぜい口調を変えるくらいしか手が残っていないのぜ。

　どうだ友よ、似合うか？

　友はゲラゲラとナナキを指差して笑っていた。笑ってんじゃねえぜ。

「お待たせ致しましたミーア様。こちらになります」

友と言い合っている間にリドルフ執事長が手に書類を持って戻ってきた。うん？　戻すのかって？　君が爆笑するからもうやめだ。そんな残念そうな顔をしてももうしない。ナナキはできるだけの努力はした。でもどう頑張ってもナナキは女性だからね。

「ふん、いったい月にどれだけ毟り取ってくれてるんだか――やっっすいわねあんたバカじゃないのッ!?」

書類がナナキの顔に向かって飛んできた。紙がぶつかったくらいで動じるナナキでは――目ェッ!?

「～～～ッ!!」

たたた耐えましたよおおおお母様。ななナナキを褒めてください。

幾らナナキと言っても人間である以上急所は存在する。目なんて以ての外だ。だからこの涙はナナキが弱いのではなく人体の構造上のものであってナナキが泣いているんじゃない。悲鳴を上げなかっただけでも上出来ではないだろうか友よ。後で撫でて。

「いったいどういうつもりお兄様！　能力に見合わない給金でメイドを雇うなんて……これじゃあ再興したって笑われるだけだわッ！」

「ミーアはそう言うだろうと思ったよ」

「当たり前でしょッ!?　不当な給金でメイドを雇うなんて、ナナキが言い触らしたらどうするつもりだったのッ!?　優秀なメイドを雇えないのなら別にいいわ、でも優秀なメイドを適当でない給金で雇うなんて論外よッ!!　貴族としてのプライドがないのッ!?」

ナナキもリドルフ執事長も、口は挟めない。特にナナキは問題が自身のことである以上、この件に口を出すことは許されない可能性が高い。ここでナナキが了承していると言ったところで、それを認めるミーア様ではないだろう。

「必要な過程なら笑われたって良い。今はな」

「……やっぱりお兄様にアルフレイド家は任せられないわ」

難しい問題だ。見返すためなら今を笑われるという主。一切の誹《そし》りなしに堂々と最高を目指すミーア様。前者にはナナキという力がある。後者には大きな苦難がある。どちらが正しいという問題ではないのだろう。きっと、どちらも道なのだ。その道をどう歩くかだけが二人の間で摩擦を起こしている。

互いに譲れないものがある。

ならば必然として事態は解決の一手へと収束するのが道理というものだ。どれだけ人間が知恵を付けても最終的に行きつくところは同じ。ナナキと違って文明の中で育ってきた御二方も今はただ、熱に身を任せるのだろう。ナナキはそれで良いと思う。

弱者が退くのは世の理《ことわり》なのだから。

「決闘よ、お兄様。また負かしてあげる」

「ちょうど良いな。笑われてばかりだった俺がミーアに勝てば証明になる」

「そうね、勝てればね」

通常の魔法学院に通っている主と帝都の魔法学院に通っているミーア様。正直に言えば主に勝ち目はないだろう。一対一で決着を求めるのならば。主はナナキを見た。これを卑怯だとはナナキは思わない。何故ならナナキと主は主従だ。このナナキは御身の剣、あの日にそう誓ったのだから。

それが力を得たということなのだから。

「相当腕が立つようだけど、私にも従者は居るの。フィオ！」

「……はい」

ここに来て初めて名前を知った。紹介も挨拶もないままだったから実は少し困っていた。もしかしたら引っ込み思案な方なのかもしれない。或いはあの日屋根に叩き付けてしまったことを恨まれていたり。十分にありえそうだった。できれば仲良くしたい。

が、それも全ては決闘の後となる。

「騎士というのは本来魔法士を守るために居るの。ろくな魔法を使えないお兄様を守っても大変なだけよナナキ？」

「剣は守るためにあるものです。もっとも、私はメイドですが」

「そう、せいぜい後悔なさい」

努力致します。できたら。

さて友よ、残念だけど今回は君の出番はない。だからそう猛らずに落ち着いてほしい。君はナナキ以外の人間に厳しすぎる。ミーア様にはミーア様の通したいものがあるということを理解しなくてはいけない。決してナナキが侮辱されたわけではないんだ。

「早く中庭に移りなさい、まな板メイド」

戦争だ。

幼少期の名残り

まな板とは。

文明生活で古くから調理の際に使われる調理器具の一つである。まな板に食材をのせ包丁などで切ることによって台が傷つくことを阻止する役割を持つ。衛生面でも大活躍する古代の知恵の一つ。形状は基本的に薄い板。そのため、胸の小さな女性を指して使われることも稀にある言葉だ。

要約するとミーア様はナナキにこう言ったことになる。

〝このぺったんこ〟と。

メーデーメーデー、通信始め。

ナナキよりナナキへ、隣国からの宣戦布告を確認。如何に対処すべきか。ナナキからナナキへ、この宣戦布告は我が国への大変な侮辱である。遺憾の意を表明する次第である。我が国はこの宣戦布告を受理、以降は敵国と見做《みな》されたし。

豊満なるその傲慢、許し難し。さあ友よ、開戦の準備を。これより始まるは電撃戦である。速やかに我が国への脅威を排除する。平たいことは罪ではない。それを虐げる豊満こそが罪なのである。

今ここに審判を下す必要がある。決はこのナナキが下そう。

殲滅《せんめつ》せよ。

このナナキがぺったんこ、笑止。ナナキは未だ成長期の真っただ中である。それを考慮せずに今を見て判断するとは考えが足りないと言わざるを得ない。不用意に口に出すようなことではなかったのだそれは。迂闊《うかつ》な発言一つで人は争える。言葉の刃はナナキを切った。

非常に残念なことである。ナナキとミーア様は大変に相性が良いと思っていたのに、それは見事な裏切りであった。ナナキは基本的に怒らない。怒りは人をダメにすることが多いからだ。けれど今は怒りが必要なのだ。つまりナナキはこう言いたいのですミーア様。

ぶっ殺してや――――身体的特徴を悪く言ってはいけないと。

なるほど、確かにミーア様のそれはご立派なのだろう。その従者たるフィオさんもナナキと比べれば十分だと言えるのだろう。だがそれで良かったではないのか。心の中に収めておくべきだったのではないのか。それを口にしてしまっては殺――――戦争は避けられない。

女性の価値は胸ではない。

立てよ国民、オールハイルナナキ。

「本気ではやるなよ、ナナキ」

総員着席、拝聴。

「私が主の妹君を相手に怪我をさせるような真似をするとでも」

「今すごい顔をしていたからな。あんなでも可愛い妹なんでな、頼む」

素晴らしい兄妹愛です我が主。その美しい愛情に免じてナナキは受け入れよう。そう、たとえこの身をぺったんこだ、まな板だと言われようとも。平静で在れ、ナナキ。世界を肯定するということはそういうことなのだ。

「かしこまりました、我があ――」

「雨の中いつまでも待たせてるんじゃないわよ、この板！」

「――るぎぎぎぎッ」

◇

雨中での決闘。冷たい雨は容赦なくナナキたちに降り注ぎ、その熱を奪おうとする。けれど今に限ってはこの冷えでは足りはしない。我が主、ミーア様、そしてフィオさん。三者の熱を冷ますのに雨では届かない。ちなみにナナキは熱くなってはいない。本当だ。

熱くなってミーア様を傷付けでもしたらナナキは主に顔向けできない。

「天在れ陽在れ夜よ在れ。天の導きを今ここに示し賜え――」

口火を切ったのはミーア様だった。紡がれる詠唱は天を仰ぐもの。天帝サリアと同じ系統と言っていいだろう。超越者たるサリアの場合は星を落としてきたりするのでこの系統は侮れない。ミーア様の詠唱と同時に突貫してくるのはその従者たるフィオさん。

件の経験でナナキから仕掛けられては対応できないと判断したのだろう。抜き放った剣があっという間にナナキまで迫った。いつぞやの動きと比べれば雲泥の差。恐らく今回は覚悟をする時間があったからだろう。上段からの振り下ろし、必殺を狙うものだ。

それで良い。相手はこのナナキ、命を狙うくらいで挑まなければ話にもならない。その点を踏まえた良い一撃だった。避けるのは容易い、反撃するのも容易い。しかし、これから先、共に屋敷で働いていく方だ。できるだけ攻撃はしたくない。つまりは、戦意の消失を図ればよろしい。

雨中に輝けライトニングフィンガー、そして弾けろナナキの笑顔。敬愛と友愛を以て平和を成す、森羅万象を包むナナキスマイル&ピース。世界の皆様、ナナキです。

そしてキャッチです。

「指でッ……やっぱり本物じゃ……!?」

フィオさんは青ざめた表情で固まっていた。ピースは剣よりも強し、覚えておくと良い。いつだって平和を想う心が戦争を終わらせるのだとシルヴァも言っていた。そして笑顔こそが人間の宝なのだとライコウは言っていた。つまり笑顔とピースを併せ持つこのナナキは無敵。

完全平和理論武装の極みである。拍手をどうぞ。

御覧なさい友よ、ナナキの平和の力にあてられたフィオさんは戦意を喪失した。平和完成である。これならば決闘が終わったあとも良好な関係を築けること間違いなし。平和ってすごい。笑顔とピースがあれば何でもできる。

友は呆れた表情で首を横に振っていた。

そんなにそっけなくしないでほしい。どうだろう、ここはひとつ一緒に平和を完成させるというのは。君が好戦的な神様であることは知っているけれど、たまには平和を噛みしめてみるのもいいのではないだろうか。

「っ!!」

友と話し合っているうちにフィオさんは剣を手放しナナキから距離を取った。理由は明白、ミーア様が詠唱を終えるからだ。

「――――流星の一矢、我に仇なす敵を射貫けッ！」

遥か上空に魔力の気配。サリアのお化け流星とは違ってこれは疑似的に作り出したお星様といったところか。正に天才と言って良いだろう。ミーア様の正確な年齢はナナキにはわからないが、恐らくナナキと同じくらいだと予想する。であればこの才能は本物だ。

上空より高速で接近する魔力の気配に天を見上げる。雨が目に入ってよく見えない。まず間違いなく狙いはナナキだろう。なんだかんだと言ってミーア様は我が主を狙うつもりなどないようだ。今降ってくるものに直撃されてはたいていの人間は死んでしまう。

というよりもかなりの高確率でナナキを殺しにきているのでは。

でも私はナナキ、殺意にもナナキスマイル。つい最近背負った呪いに比べればこんなものは可愛いものだ。さあ友よ、準備はいいだろうか。そろそろ着弾だ。コツとしてはまず自分が世界で一番美しいと思う笑顔を思い浮かべて笑う。そして両手でピースするだけだ。

それでは世界の皆様、マスターメイドナナキと神話の雷イルヴェング＝ナズグルよりお届け致します。

「はい、ピー……ス？」

なんか出てるよ友よ。

友の笑顔から放たれた笑顔光線、もとい雷光は星を蹴散らし雨雲さえもを消し飛ばして天へと昇っていった。割けた雲の中から現れた御日様にご挨拶。こんにちは御日様、ナナキです。ご機嫌はいかがかな。

すごいね友よ、君の笑顔は雷が出るのか。だけどね、友よ。君の姿は顕現しない限り普通の人には見えないんだ。つまりは傍から見ればナナキの笑顔から何かとんでもないものが発射されたことになる。ナナキの笑顔に悪評が付いたらどうしてくれるんだ。

「………………な」

ナキです。

「何よ……今の……」

笑顔です。

マスターメイドはクールに去るぜ

「俺の勝ちでいいな、ミーア」

「………………敗北を認めるわ」

終戦である。

友の招雷、ならぬ笑雷を見て戦意を喪失しない者などそうは居ない。

人は神様の笑顔の前には争いの空しさを悟るのだとナナキは思い知った。大きいだとか小さいだとかは関係ないのだ。人類皆兄弟、ナナキのウィークポイントのことは投げ捨てるべし。今は速やかに戦後処理を済ませるべきだとナナキはナナキに提案する。了承、掛かれ。

まずは自室にて給仕服の交換。その合間にもささっと身体を拭いておくのも忘れない。それが終わったのなら最速でバスタオルを三枚用意。点検、ふわふわ確認、汚れなし。提出よろしし。雨雲が笑顔で吹き飛んだとはいえ先ほどまでは降っていたのだ、風邪を引いたら事である。

「タオルをお持ち致しました」

この間、約二秒。ライトニングナナキ。

我が主、ミーア様、そしてフィオさんの順番でささっと配る。大浴場にもお湯を張ろうと思っていたのだけど、ナナキソナーに感がある。人にも微弱ながら電気が流れているのだ。ナナキソナーはそれを敏感に捉えることができる。例えばこれはリドルフ執事長のものだ。

恐らくは決闘が始まったと同時に準備していたのだろう。さすが執事長、伊達ではない。ならばナナキは温かい紅茶でも用意しよう。ナナキは特別な人間、如何に相手が執事長であろうと遅れをとるわけにはいかないのである。アイアムマスターメイド。

「ナナキの雇用は継続で異論はないな。

「わかりきってることを一々聞かないで。私は決闘に負けたのよ」

ミーア様は不機嫌そうにタオルを肩に掛けて屋敷へと戻っていく。さて困ったぞ。ナナキはミーア様と仲良くしていきたい。けれど今のこの状況では話しかけても逆効果となりそうだ。友よ、ナナキに知恵を貸してはくれまいか。

なに？　人間に興味はない？　また君はそういうことを言う。ナナキとはとても仲良くしてくれているのに、どうして他の人間ではダメなんだ。さっきも一緒に平和を成したというのに、君の気分屋なところは治した方がいい。

「ナナキ」

ナナキです。

「大丈夫だ。それとご苦労だった」

「恐縮です」

柔らかい笑みを浮かべながらミーア様のあとを追う主。もしかしてナナキは困った表情でも浮かべていたのだろうか。或いは主が鋭いのだろうか。ともあれ主が任せろと、そう仰るのであればナナキはそれを信じるのみ。その後ろ姿に一礼。

やはり兄妹とは美しいものではないだろうか、友よ。

「あの……ナナキ……さま」

なんと。

主の背中に一礼をしてみればフィオさんが話しかけてきた。友好の架け橋が今降りようとしている。これが主の御加護ですか、なんというご利益。やはり先ほどの笑顔作戦も効いているのではないだろうか。結果としてナナキからの攻撃は行っていない。

完全勝利のナナキスマイル。世界の皆様、ナナキです。

「初めましてナナキと申します」

あの日の屋根で一度顔を合わせてはいるけれど、正式な挨拶はまだ済んではいない。第一印象というものは大事だ。いや、この場合は第二印象なのだろうか。ともあれここも笑顔で対応すべし。ぜひナナキと仲良くして頂きたい。

「ご、ご挨拶が遅れましたっ！　フ、フィオ・レーゲンです！」

随分と萎縮されてしまっている。先ほどの様付けといい、これはもう確信を得ているのだろう。

どうぞ、問いかけてほしい。ナナキにはそれに答える用意がある。必要だというのなら全てを説明しても構わない。それで主の傍に居られるのなら、どのような言葉でも受け入れる覚悟がある。

誓いとは、そういうものだ。

「あの……その……」

上手く言葉を紡ぐことができないでいるフィオさんの瞳には、緊張と恐怖が見えた。良いことだ、力を理解しなければその感情は生まれない。それは生きるために必要な感情、ぜひ大事にして頂きたい。とはいえ、このままでは話が進まないのも事実。

では、道はこのナナキが切り開くとしよう。

「一つだけお聞きしたいのですが、あの日は屋根で何を？」

「あれはその……ゼアン様が女性の従者を御雇いになったと聞いたミーア様が見てこいと……すみません……」

「いえ」

苦労なされているのですね。それと、ミーア様はお兄様大好きなのですね。把握致しました。

「フィオさんも何か聞きたいことがあればどうぞ、ご遠慮なくお聞きください」

さて、少しの会話を挟んでみたけれどどうだろう。特別な存在ではあるけれど、同じ人ということをご理解頂けただろうか。それにナナキの権威は五帝の資格あってのもの、雷帝ではない今のナナキに畏《かしこ》まる必要などない。

「その……ナナキ様は……！」

「はい」

さあ、あと一言だ。少しでも勇気付けられれば良い、そう思って笑顔で相槌を打った。会心とまではいかないまでも、なかなかの出来。応援のナナキスマイル。世界の皆様、ナナキです。

「………やっぱりなんでもないですッ！」

フィオさんはすごい勢いで屋敷へと走っていった。

そして、ナナキの笑顔だけが残った。

◇

とりあえず当初の目的通り温かい紅茶をお持ちした。もちろん適温だ。リドルフ執事長も最近ではナナキの成長を認めお茶の準備を任せることも多い。あとは料理を任せてもらえればナナキはレジェンドメイドにまで昇格できるのではないだろうか。

「鬱陶しいわねッ！　用があるのなら早く言いなさいよッ！」

「風邪を引く前に風呂に入ったらどうだ」

「心配してくれてどうも。用がそれだけなら出ていってくれる？」

わあ。

気付かれる前に開けた扉を即座に閉めた。そしてタイミングが見計らい易いように少しだけまた開ける。恐らくこの場にナナキが居ては主の邪魔になってしまうだろう。突入のタイミングは慎重に見極めねばならない。サイレントナナキ。

決闘の決着は兄妹の絆に少しばかりの溝を作ってしまったのかもしれない。ミーア様からしてみれば、本来負ける筈のない決闘だったのだろう。

貴族の間で決闘が特別なものであると言っても、感情までは抑えられないのかもしれない。それを抑えるには少しばかりの時間が必要なのだろう。負けて悔しい、それは当たり前の感情だとナナキは思うのだ。誰だって完璧ではいられない。

このナナキであっても、完璧であろうと努力はしている。それでもやはり、届かないものは存在するのだ。友よ、神様である君は自分を完璧な存在だと思うことはあるのだろうか。もしそうであるのなら、何を以てして完璧であると言えるのだろうか。ナナキにも教えてほしい。

友は笑顔でサムズアップした。よくわからなかった。

「やっぱり納得はいってないんだな」

「納得も何もないわよ。私は決闘に負けたんだから」

「別に本音を言えばいいさ」

「…………ッ」

すすり泣く声が聞こえた。

「私は間違ったこと言ってない……言ってないもんッ!! 正しいのにッ!! なんで私が負けるのよ……ッ」

「ミーアは正しいよ。貴族としてならそうあるべきだ」

「ならなんでよッ!? 正しいのになんでッ……!!」

それは、弱いからだ。

あの日にシルヴァに言われた。この心は汚いのだと。譲れない道でぶつかり合った結果、弱者が退くのは必然である筈なのに。ならばどうすれば良いのだろう。強者がその誇りを捨てて道を譲れば良いのだろうか。それならば弱者は進める。けれど強者はどうなる。

共に歩める道ではないから戦っているのではないのか。どうしたって力を持つ者が得をする。それは才能であったり、努力であったり、様々な形でそれぞれが持っている。それを競い優劣を決する。それが人の歴史ではなかったのか。

多分、ナナキはずれている。

「多分、俺が間違っているからだよ」

そう。そして主も。

「悪い兄ですまない」

「……ううッ!!」

ミーア様は主の胸の中で泣いていた。主の手は泣きやまない妹の頭を優しく撫でている。ああ、これは家族だ。羨ましい。

「お父様とお母様が亡くなって……だから私が頑張って……――」

扉を閉めた。

これは立ち聞きして良いような内容ではない。アルフレイド家で主の御両親を見たことは一度もない。大方の予想はナナキにも付いている。けれど、その事実を知るのは我が主の口からでなければいけない。美しい兄妹愛にナナキは不要だ。

別に寂しがってなんかいないよ友よ。羨ましいとは感じるけれどね。

今の御二人の邪魔をしてはいけない。幸いにもこの場を去る理由はあるんだ。ほら、すっかり紅茶が冷めてしまった。こんなものを我が主とその妹君にお出しすることはできない。どうだろう友よ。ナナキはなかなかにクールではないだろうか。

友はわざわざ雷を出して文字を綴った。

そこには当然の綴り。Coo……Wall？

ウォール。壁。

フフフ、聞こえたかい友よ。今の音が。

なに？　聞こえない？　なんの音かって？

ゴングだよ。

世界で一番強いウサギ

アルフレイドの屋敷に新しく増えた二つの気配。

三人では少しばかり広すぎると感じていた屋敷にも賑やかさが出てきた。これは大変に良いことである。静かな朝もナナキは嫌いではないが、賑やかな朝だって悪くない。傍に誰かが居る、それはとても安心のできることだから。

窓の外を見れば今日も雨、されどナナキの心は晴れ。雨時々ナナキといった天候。御日様のような笑顔でしとしとと降り続く陰気な雨に対抗。笑う門には福来る。笑って暮らすも一生、泣いて暮らすも一生。であれば笑って生きていこう。世界を照らせナナキの笑顔。

世界の皆様、ナナキです。

気分はライジングサン。さあ、新しい朝の始まりだ。

「〝雷帝追放に動揺広がる〟、〝予言の全容を求む声〟。最近はこんな記事ばかりだな」

気分はスコール。陰気な朝の始まりだ。

朝食を終えた主は新聞と睨めっこ。内容が内容だけにナナキはとても居心地が悪い。ここは戦略的な撤退が必要ではないだろうか友よ。ああ、そういえばまだ休息中だった。彼は不幸に遭った。口は禍《わざわい》の元と言う。雷が落ちてきても文句は言えない。

「ナナキ様が追放されてから帝都は酷い有様だったもの。ライコウ様と並び立つ双璧、バリバリの戦闘部隊の一人が消えたら反勢力は活発になるわ。どこからでも一瞬で駆けつけて敵を殲滅する。その恐怖がなくなったということだもの」

「……ミーアは雷帝ナナキを見たことはないのか？」

「あるわけないじゃない。ナナキ様はエンビィ様、シルヴァ様やサリア様と違って帝都の政治には関わらないし、戦闘ばかりで私たち一般人の前に顔を出すことなんて滅多にないのよ。移動が速すぎて人には見えないらしいし」

「……政治は多分、関わらないんじゃなくて関われないんだろうな」

正解。でもちょっと悔しい。

実際、ナナキには政治の話はまるでわからなかった。であれば、自分にできることをやるのが帝都のためになる。ナナキはライコウと共に帝都に仇なす者を排除することに努めた。九割はナナキの活躍と言っていい。理由はライコウの足が非常に遅いから。あの筋肉武装は少しパージした方が良い。

しかし、今となってはナナキが帝国の敵。

フロスト帝国は現在では一強と言っていい。細かな争いがないわけではないが、戦争をできるだけの戦力を持つ国は存在しないだろう。だからこそ、内部からの侵食が課題となっていた。五帝の忠誠心は鉄壁、しかしそこから下となるとやはり毒を流し込まれやすい。

ナナキも何度か内部に巣くっていた反勢力の人間を捕縛している。誰よりも感知機能が優れているナナキが抜けた今、帝都は大丈夫だろうか。新聞にも載るくらいだから少し心配になる。敵対していると言っても心の中で応援するくらいは良いだろう。頑張れ皆。

「ナナキ様って帝国民からの支持がかなり強くてね。今まで帝都のために戦ってきたナナキ様を何の根拠もない予言で追い出したってことで皇帝陛下と五帝に非難の声が上がってるのよ。民だけじゃなくて帝国騎士の方もすごいわよ。何人かは剣戟《けんげき》にまで発展したって」

「姿も見たことない雷帝に何でそんな支持が集まるんだ？」

「姿こそ見えないけれど帝都で雷を見たのならそれはナナキ様というわけ。どんな小さなことでも駆けつけて問題を解決していくからね。強者と弱者をはっきり分ける人だったそうよ。強者には厳しく、弱者には優しい。ナナキ様から見たらたいていが弱者に見えるのでしょうから、ね」

「五帝って聞くともっと偉そうな人に思えてしまうな。やはり目で確かめるのが一番だ」

「だから見えないんだってば」

ナナキは特別な人間、だから多くの人の役に立て、と。お母様の御言葉をナナキは実行した。決して見返りは求めなかった。弱者が強者に縋るのは当然のことなのだから。だから姿を見せる必要もない。名乗る必要もない。迅速に解決を図り、次へと向かう。

それで良いと思っていたのだけど。

今こうしてミーア様の口から伝わった帝国民の皆様のお気持ちが嬉しい。やはりナナキは間違っていなかったのだろうか。でも、だとすればどうしてナナキは帝国を去らなければならなかったのか。明白だ、全ては予言から始まった。

ナナキは予言の仕組みについては何も知らない。知らされていない。

全ては突然に始まった。皇帝陛下に問いただそうとも、その前には五帝が立ちはだかっていた。ナナキはそんな世界に失望を隠せず去ってしまった。けれど今、何の根拠もないことだけど、一つだけ言い切れることがある。

――――悪い予感がする。

予言のおかげという言い方は好きではないけれど、主に出会うことができた。リドルフ執事長、シエル様、ミーア様、フィオさん。そしてアキハさんもだ。今の生活にナナキは幸福を覚えている。だからこそナナキの勘が告げているのだ。大自然で鍛えたこの勘はここぞという時は外さない。

もしかしたら、ナナキはあの時に帝都を離れるべきではなかったのかもしれない。

「そういえば、ナナキ様の話で思い出したのだけど。ナナキ、貴女もしかして――――」

遂に来たか。

即座に頭を切り替える。雷帝ナナキからマスターメイドナナキへとチェンジナナキ。最後に笑顔を添えればマスターメイドの完成である。世界の皆様、ナナキです。

「元帝国騎士でしょう。それもかなり上位の。いえ、もしかしたら五帝候補かしら」

ミーア様ポンコツ疑惑が浮上した。

人は誰しもナナキの様に優秀ではない。それは仕方がない。けれど先ほど自らの口で言っていたではありませんかミーア様。移動が速すぎて見えないと。偶然にも同じ名前で同じくらい速いメイドがこのアルフレイドの屋敷に居るではありませんか。これはいけない、ポンコツすぎる。

主もリドルフ執事長も、そしてフィオさんも苦笑を隠しきれていない。斯《か》くなる上はナナキから申し上げるより他にないだろう。

「ミーア様、私はら――――」

「もしかするとナナキが本物のナナキ様かもしれないぞ」

おっといけない、主と被ってしまった。

「もし本物のナナキ様だったら私は大変な不敬をお詫びしないといけないわね。首でも切ろうかしら」

「――――ビット、私はラビットです。ぴょんぴょん」

「あらこんにちはウサギさん。どこから来たのかしら」

咄嗟に手でウサギの耳を作ってぴょんぴょんした。この緊急回避の代償は大きい。この誇り高きナナキが食料の真似をすることになるとは。不思議な国のナナキ。

「ぐっ……くくっ……」

笑いましたね、我が主。

酷い裏切りを見た。ナナキは主の妹君の命を守るためにウサギになったというのに。よもや本気だとはナナキも思ってはいないが、万が一にも主の妹君の命を危険に晒すわけにはいかない。これだけの努力をした従者を笑うとは頂けない。

抗議のぴょんぴょん。ラビットナナキ。

「ところでウサギってどう鳴くのかしら」

「基本的にグゥグゥ鳴きます。危険な時はギィギィ鳴きます」

「あら、さすがウサギさん。詳しいのね」

たくさん食べて育ちましたので。ちなみにとても美味しいです。

「でもごめんなさいね、私は動物があまり好きではないの。黒いウサギは追い出してしまいましょうお兄様？」

ギィギィ！

アイツの想い人

「到着したようですよ、主。ぴょんぴょん」

「そうみたいだな」

「そうですとも。ぴょんぴょん」

「……わかった、悪かったよナナキ」

　今朝の裏切りに猛抗議を続けた結果、ナナキは勝訴した。馬車の中でぴょんぴょんすれば人は謝る。ヴィクトリーナナキ。けれど実はナナキもそこまで怒ってはいない。ナナキは主の笑顔が好きだ。とはいえ、この数十分は主を困らせる悪い従者だった。反省。

　ウサギから人間へとシフトチェンジ。ただいま戻りました、世界の皆様、ナナキです。

　マスターメイドに戻ったからにはその務めを果たさなければいけない。速やかに馬車から降り、最速のナナキステップで反対へと回り扉を開いて主の手を取る。鞄を受け取れば、あとは三歩ほど間隔を開けて御付する。そろそろナナキも帝都の給仕係を超えてしまっただろうか。完璧ナナキ。

「よう、ゼアン」

「おはよう、ヴィルモット」

待ってましたと言わんばかりに主に立ちはだかるのはヴィルモット・アルカーン。朝から彼と顔を合わせても嫌な顔一つ浮かべない主はご立派だった。さすがはナナキの主。ヴィルモット・アルカーンの傍で控えるアキハさんに誰にも見られないように手を振った。ふりふり。

アキハさんは微笑みを浮かべながら応答してくれた。優しい。

「あー……なんだ、そのよ」

「珍しく歯切れが悪いな、ヴィルモット」

「うるせえッ！　あれだ、ミーア戻ってきてるんだろ？」

「昨日のことなのに早いな。もう卒業資格をもらったらしい、妹ながらすごい奴だよ」

おや、案外普通の会話が成立している。どうやらヴィルモット・アルカーンはミーア様をご存じのようだ。人格の歪んだ彼にまともな会話を成立させるとは、ミーア様の存在は凄まじいものなのかもしれない。さすがは主の妹君と言える。

「ナナからミーアへ心変わりか」

「化物を抱く趣味はねえよ」

化物扱いは慣れている。それに彼がナナキの貞操を捧げる相手になることはまずないと言っていい。誇り高きお母様の血統を紡ぐお相手はナナキが見極める、当然だ。お母様から頂いたものは全て継承していかなければならない。いつか素敵な人を見つけよう。

「よく見れば胸がねえしな」

ぶっ殺し――――――――ぶっ殺してやる。

このナナキの前でよくぞ吠えたものだ。まったくもって愚かしい、粛清が必要だ。女性の価値をただ一点で決めつける頭など不要だろう。さあもう一度言ってみろ、その空っぽな頭をお星様の仲間入りさせてあげよう。アルカーン星の誕生だ、喜んでほしい。ナナキにはできるぞ。

「ナ、ナナさん、どうか落ち着いてください」

いくら友人であるアキハさんの頼みであってもこればかりは譲れない。今の発言はナナキに対する侮辱である。主の御家族ということでミーア様には慈悲を与えた。しかしヴィルモット・アルカーン。君はダメだ、絶対に許さない。

拝聴せよ、人は平等ではない。

無い者を害するのであれば、有る者も害される覚悟をせよ。

「女性の価値は胸じゃないだろう。ナナは美人だ」

麗しのナナキスマイル。世界の皆様、美人なナナキです。

さすがは我が主と言ったところだろうか。これが器と言うものだ、ヴィルモット・アルカーン。我が主に感謝すると良い。同じ貴族だと言うのにこれだけの差がある。やはりナナキはこの御方に付いていくべきなのだと改めて実感した。

そもそも外見的にナナキを好ましいと思う男性は多い筈なのだ。何故ならナナキの容姿はあの美しいお母様にそっくりなのだから。お母様がご存命で在られたならば、森の美人母娘と有名になっていたことだろう。あの場所は人が来ないけど。

「そんなまな板メイドのことはどうでもいいんだよ」

なんとでも言うが良い。本質のわからない人間は悪くない。本質を知ろうとしない人間が悪いのだ。つまり君は後者である、ヴィルモット・アルカーン。愚か者はそうして立ち止まっていればいい。お似合いだとも。

「そんなことよりも、来週月光会を開くんだよ。そこでだ、お前を招待してやるよゼアン」

「ヴィルモットが俺を？　何が狙いだ」

月光会。ナナキの知らない言葉がお出ましになった。しかし私はナナキ、知らないことは知れば良いのだ。マスターメイドたるもの精進を忘れてはならない。ということでアキハさんにお聞きする。友人とは大事である。

「月夜の下で踊るダンスパーティーのようです。なんでも草原でやるのだとか」

「ありがとうございます、アキハさん」

「いいえ、ナナさんならいつでも私を頼ってくださって構いません」

同族補正強い。なんでもニッポンジンは協調の意識が特に強いのだとか。でもアキハさんは素晴らしい人格の持ち主だから、きっとナナキじゃなくても助けるのだろうなと思う。お母様、ナナキは素晴らしい友人に恵まれました。

「没落寸前で夜会に呼ばれることもないお前にとっては美味い汁だろうゼアン。アルカーンの長男である俺から招待されたとなれば周りの見方も少しは変わる筈だ」

「条件があるんだろう」

「当たり前だ。ミーアを連れてこい」

「今のお前に妹をやるつもりはないが」

というよりもミーア様はお兄様である主のことが大好きなので他の男性に興味がないのかもしれない。少しばかり強すぎる兄妹愛かもしれないが、大好きな人の傍に居たいと思う理由はよくわかる。ナナキにも心の姉と呼べる人が居る。勝手な想いではあるけれど、強い姉妹愛を持っているつもりだ。

元気かな、エンビィ。

「使えるものはなんだって使う……つもりだったんだが最近妹を泣かしてしまってな。少し反省してるんだ」

「お前の事情なんか知ったこっちゃねえよ。没落したくねえならミーアを連れてこいって言ってるだけだぜ俺は」

劣情か愛情か、どちらかはわからないがどうやらヴィルモット・アルカーンはミーア様にご執心な様子。しかしこれは主にとって飛翔のチャンスなのだろう。決断は主が決するもの。主が道を誤ったと思えばナナキが正す。ただ傍に居るだけのメイドに成り下がるなどナナキの誇りが許さない。

ナナキが御傍におります、主。堂々とお進みください、己の選択した道を。

「ミーアが了承すれば連れていこう」

「しなかったら」

「招待状は出さなくていい」

「あぁッ!? この俺がてめえを誘ってやってるんだぞ!? バカかてめぇッ!?」

沸点低っ。

ヴィルモット・アルカーンの腕が主へと伸びた。敵対行動と認識、展開始め。

はい、どうもナナキです。

すかさず主とヴィルモット・アルカーンとの間に入った。ディフェンダーナナキ。主に危害を加えようとするのであればこのナナキが参る。それでも感情を優先し向かってくるのであれば一歩を踏み出すとよろしい。ナナキは虫に容赦はしない。

「ひッ」

あれ、思ったより怯えている。以前の一撃がそれほど効いたのだろうか。直撃ではなく余波であったというのに。

「お、おいアキハァッ!?」

「……ナナさんは間に入っただけかと。今のはヴィルモット様に非があるように思います」

「じゅ、従者が俺に口答えすんのか!? 誰が金払ってると思ってんだお前ッ!?」

「私はヴィルモット様の仰った化物、つまりはナナさんに興味があっただけです。いつでも解雇して頂いて構いません。金銭で心までは買えませんよ、ヴィルモット様」

「……どいつもこいつもッ!!」

ニッポンジン恰好良い。

アキハさんは目線だけをナナキに向けて、ナナキだけに見える角度でこっそりとピースをしていた。同族補正本当に強い。ナナキも返礼、友愛のナナキピース。ぶい。

「舐めやがって舐めやがって舐めやがってッッ!!」

怒り狂うヴィルモット・アルカーンを余所に、ナナキとアキハさんは友情を交わした。

出会っちまったな

「ゼアン、よく考えろよ。自分の立場をな」

「また明後日な、ヴィルモット」

本日の授業が終われば温度差のある別れの挨拶を交わし、ヴィルモット・アルカーンは去っていく。敵意を周りに振り撒きながら去っていく彼の後ろを歩くアキハさんに小さく手を振った。明日は登校日ではないので次に会うのは明後日。今日はありがとうございました。

アキハさんは当然のようにナナキに応えてくれた。ナナキはアキハさん好き。

「月光会か……ナナキは踊れるのか？」

「お望みとあらば習得致しますが、従者には不要かと」

「それもそうか」

ナナキの運動神経は天稟《てんぴん》のものだ。覚えろと言われたならばすぐにでも覚えよう。けれどナナキは従者。貴族の世界には疎いがダンスパーティーで踊る従者など居るわけがないのはナナキにもわかる。マスターメイドたるもの、慎ましく在らなければ。

けれどまあ、本音を言えば少しだけ憧れていたりもする。

強者であるとはいえナナキも女子だ。素敵な王子様とのダンスは女子であれば誰もが一度は憧れるもの。ナナキといえども例外ではない。けれどこの憧れが叶うことはないのだと思う。ナナキは血生臭い道を歩んできた。そしてそれを誇りに思っている。必要であればこれからもその道を歩む。

紅いドレスを着たナナキと踊りたい人は居ないだろう。

いつか素敵な人に巡り合えたその時は一度だけお願いしてみようと思う。ナナキと踊ってくださいと。断られてしまうかもしれないけど。おや、ようやく起きたのか友よ。お寝坊さんだね、君は。なに？　君が一緒に踊ってくれる？　君はやっぱり紳士だね。ありがとう。

でもやはりナナキにドレスは似合わないと思う。

今のナナキに似合うのは給仕服。なにせナナキは誇り高きマスターメイドだからね。だから友よ、君とのダンスはしばらく後になる。それまでにナナキも練習しておくよ。気持ちはとても嬉しかった。ありがとうナナキの親友。

「……ナナキはたまにそういう顔をするな」

「いったいどのような顔でしょうか」

「遠いところにいる気がする。そんな顔だ」

不思議なことを言う。ナナキはここに居るというのに。

「例の秘密と関係があるのか」

「いいえ。ただ――――いえ、やめておきましょう」

「まだ秘密か」

「ええ。それともう一つの理由もあります」

「もう一つ？」

前をご覧ください、我が主。

「ゼアン様ー！　ナナさーん！」

いつもの。

◇

「おかえりなさい、お兄様」

アルフレイドの屋敷の前ではミーア様が腕を組んで立ちはだかっていた。表情にはご機嫌ナナメと書いてある。ナナキとしてはできればご機嫌ナナキであってほしかった。ミーア様の背後で控えているフィオさんも顔を青くしている。

「ダメじゃないお兄様、動物をもう一匹連れてきては」

未だにナナキは動物扱いされていた。ラビットナナキは学校への到着と共に不思議な国に帰りました。今ここに居るのはマスターメイドナナキです。故に、それとなく人間アピールをすることも忘れない。想いよ届け、伝心のナナキスマイル。ミーア様、人間です。それとシエル様も人間です。

「………」

ゴミを見るような目で射貫かれながら、そっとニンジンを渡された。想いが届かナナキ。ところでこのニンジンはナナキのために用意してくれていたのだろうか。もしかすると案外気に入って頂けているのかもしれない。何事も前向きに捉えていこう。

ミーア様はナナキに無言でニンジンを手渡した後に主とシエル様を睨んだ。お兄様大好きミーア様と主大好きシエル様の対面である。今この場ではナナキたち従者は何もできない。従ってこの場では御三方で話を付けて頂かなければならない。応援しております、主。

「ただいま、ミ――」

「お久しぶりね、シエルさん」

僅か一言で旗艦中破。主の発言に強引に被せてきた。開幕から一方的な状況になってしまった。急いで立て直してください、主。このままでは婚約者であるシエル様が集中砲火を浴びてしまう。ナナキは助けに行くことができないのです。援軍はありません。

「まあミーアさん！　お久しぶりです。お元気でしたか？」

「ええ、それはもう。シエルさんも相変わらずお元気そうですね」

「ま、まあ立ち話もなんだ。とりあえず中へ――」

「お兄様、少し黙っててもらえます？」

旗艦轟沈《ごうちん》、作戦は失敗。昨日に泣かしてしまったがためにあまり強く出られないというのもあるのだろう。こうなってしまえば最早御二人だけで解決を図るしかない。奮戦空しく敗れた主に心の中で敬礼。戦況は最終局面へ。

「せっかく来ていただいて申し訳ないのですけど、今日はお兄様とお話ししなければいけないことがたくさんあるので御引き取り願えますか。満足な御もてなしもできそうにないので」

「あら、私のことは気にしなくてもいいのですよ？　ミーアさん」

直訳すると邪魔だから帰れというミーア様に対して恐らく本気でお構いなくと思っているシエル様。なるほど、これは非常に相性が悪い。ナナキとしてはどちらも主にとっての大事な方、であれば御二人にも仲良くなって頂きたい。しかしこの様子ではそれは難しそうだ。

「ホストが恥を忍んで御もてなしができないと言っているのですシエルさん。それとも実力行使でなければ理解できないかしら」

主がナナキを見た。一礼にて応える。

少しばかり過激と言える兄妹愛の前では、どうやら婚約者であるシエル様は完全に敵と見做されるらしい。しかし何事にも限度というものがある。ミーア様の魔力が上がっていく。もし傷害に発展するような状況になればナナキの出番だ。友よ、準備を。

「あら私ったら……ごめんなさいミーアさん。そこまで気が回らなくて……失礼しました」

「それとリドルフから聞いたのだけど、ここのところ毎日お兄様を迎えに行っているそうですね。

正式な婚姻を前に少々はしたないのでは？」

「申し訳ありません……しばらく会えなかったものですから……」

見ていて少し気の毒になる。けれどどちらかと言えばミーア様が正しいのかもしれない。婚約者同士の仲がよろしいのは大変に良いことではあるが、毎日のように主を出迎えていれば周りがどう思うかはわからない。貴族でなければ問題はなかったのだろう。

「反省します……ゼアン様、連日押しかけてしまい申し訳ありませんでした。今日は帰ります」

「あ、ああ。またこちらから連絡を入れる」

「ありがとうございます。ゼアン様」

去っていくシエル様の後ろ姿はいつもより小さく……嘘はいけないナナキ。大変に大きい後ろ姿ではあったがその背中には悲しみが見えた。とはいえこればかりは当人同士の問題となる。メイドであるナナキが出しゃばっていい問題ではない。

「先に戻ってるわよ、お兄様」

鼻を鳴らして屋敷へと戻っていくミーア様。その姿が見えなくなれば、主は大きなため息をついた。幸せが逃げてしまいますよ、我が主。

「これから月光会の話をしなきゃならないのか……」

完全に失念していた。それは少しばかり大変な話し合いとなりそうだ。その件もナナキはお手伝いできない。マスターメイドを名乗るナナキは無力であった。せめてこの陰気な空気を吹き飛ばそう。ナナキにできることはそのくらいだ。

消え去れネガティヴ、後光差すナナキスマイル。世界の皆様、ナナキです。

笑って逆境を跳ね返す。それくらいの意地を見せてください我が主。とはいえ、轟沈した主には
リペアが必要だ。それくらいならナナキにもお手伝いができる。どうかこれで元気を出してほしい。

「主、これを」

「…………気持ちだけな」

キャロットアウト。美味しいのに。

グゥ正論

「おはよう、ミーア。良い朝だな」

「あらお兄様、おはよう」

「今日も美味しそうな朝食だな、さすがリドルフだ」

「ええ、そうね」

「………………頂くか」

「ええ」

空気重っ。

悲劇の翌日であろうと朝は朝、本日はお天気も良く快晴な様子。窓から差し込む日差しが演出してくれる爽やかな朝、お屋敷の中庭から聞こえてくる小鳥さんたちの会話はどこか心地良く、今日という一日の始まりに彩を添えてくれているように思う。

だというのに、目の前で繰り広げられている兄妹の朝食はとても暗く、重々しい。響くナイフとフォークの音も手伝って、静寂よりもどこか不安を煽られる。せっかくの朝食をこのような重々しい空気の中で頂くというのはいかがなものだろう。

マスターメイドを自称するナナキとしては、ここはやはりこの陰鬱とした空気を吹き飛ばす輝かしい笑顔が必要なのではと提案しておきたいところ。真に主のためを思うのであれば、主が助けを求めていなくても、その御心を察して言われる前に行動するのが良き従者というものだろう。

肯定した世界のために、何より主のために。世界を照らせ、ナナキの笑顔。

光輝のナナキスマイル。世界の皆様、ナナキです。

「ごちそうさま」

お粗末様です。

「今日も美味しかったわ、リドルフ」

ナナキの笑顔に対してではなかった。おかしいな、ナナキは今とても素敵な笑みを浮かべている筈なのだけど。友よ、ナナキの笑顔に変なところでもあるだろうか。うん？　元から変？　ンフフ、朝から飛ばすじゃないか友よ。次はナナキがお前をぶっ飛ばしてやろうか。

「恐縮です」

食堂から退室していくミーア様にリドルフ執事長、フィオさんと共に頭を下げた。主人たちの食事中はこうして待機しているのが従者の基本。お飲み物がなくなった際にはナナキが即座にお注ぎする。食事が終わればすぐに食器を下げ、ナナキが洗う。要する時間はおよそ五秒、五秒頂きたい。

「やれやれ……まだ機嫌は悪そうだな」

ナイフとフォークを置いて、主はため息交じりに呟いた。昨日の一件でミーア様のご機嫌はナナメのまま。来週には月光会という貴族社会ではそれなりのイベントが控えている今、参加条件となるミーア様のご機嫌がナナメなのは主にとっては非常によろしくない状況。

とはいえ、こればかりはやはり本人同士の問題。リドルフ執事長が苦笑していたり、フィオさんが申し訳なさそうな表情で主に頭を下げているのと同様に、ナナキも今はただ見守ることしかできないのだ。この特別なナナキが主の窮地に何もできないなどと、なんという様《ざま》だろう。悔しい。

「ああ、そうそう言い忘れてたわ」

何もできない自身に嘆いていれば、どうしてか再びミーア様が食堂へと戻ってきた。もしかするとナナキの無念が通じたのだろうか。この忠誠の心は奇跡さえをも呼び寄せるというのか、なんということ。さすがナナキ、立派なメイド。

「どうした、大事な用件か？」

この機会を逃すほど主の頭は弱くない。すぐに会話を繋げようと口を開いた咄嗟の判断、お見事でございます。ぱちぱちナナキ。

「お兄様に用はないの」

「そ、そうか」

しかし、無情にも主の試みはたったの一言を以て撃沈、その御心を想えばしくしくしくナナキ。

「ナナキ」

はいこちらナナキ。

「私の部屋に来なさい」

返事をする前に一度だけ主を見る。主が苦笑しながら頷いた。

「かしこまりました」

「ならついてきなさい」

そう言って足早に食堂を出るミーア様に続く。もう一度だけ主を見れば、その蒼星石の瞳と目が合った。そのアイコンタクトだけで十分、静かに頷いた。できる限りの努力を以て、ミーア様がご機嫌ナナキになるように努めましょう。

頷くナナキを見て、主もまた頷いてくれた。我ら主従の絆は固い、喜ばしいことだ。この良き主のために、ナナキもまた良き従者で在ろう。そのためにも、前を歩くお兄様が大好きな妹君を何とかしなければ。

「どのようなご用件なのでしょう」

「貴女はただついてくればいいの。違う?」

「失礼致しました」

ぐうの音も出ないほどの正論、反省。

「お返事が違うわよ、ウサギさん」

「グゥグゥ！」

出た。

◇

「うん、思った通り。これも似合うわね」

「あの、ミーア様……」

「次はこれよナナキ。さっさと着替えなさい」

「あ、はい……ではなく、これはいったい――」

「いいから着替える」

次々に渡される色鮮やかな服の数々。その一つ一つが優しい肌触りのおかげで着心地はとても良い。手間の掛かっているであろう丁重な縫い目、帝都の衣服と何ら変わらない、しっかりとした作りのもの。それも全て新品に見える。

このフレイラインでよく見る貴族らしい華やかな衣服から、帝都で流行りの文明を感じさせる衣服まで。ヒラヒラしたスカートを穿いたと思えば次は少し大きめのデニム。衣服を着れば次はアクセサリー、お洒落な帽子を被せられた。これもまた高級なものなのか、羽根のように軽い帽子だった。

さすがはミーア様、フレイラインのファッションも帝都のファッションもお手の物ということだろうか。

けれど、どうしてそれをナナキに？

「サイズは少し違ったかしら……まあ服がないよりは良いでしょう」

「何故それを？」

「お兄様の従者だもの。妹である私が徹底的に調べ上げるのは当然でしょう？」

なるほど、わからない。

「ん……いや、待ってくださいミーア様？　もしかして私の部屋を……」

「見たわよ。まったく、給仕服しかないなんて思わなかったわ。休日とかどうしてるのよ」

口ぶりからして雷帝時代の装備は見つかっていない様子。あの時の発言が本当かどうかはわからないけれど、万が一にでもミーア様に首を切られては困ると思い、あの日のうちに装備を屋根裏に隠しておいて正解だった。天下のフロスト帝国の特注装備に対して酷い扱いだけど、今は不要なものだから仕方がない。

「まあ多少のサイズの違いはあるけれど、大丈夫でしょう。これは全部貴女のものよ、ナナキ」

聞き違え、ノーである。このナナキをいったい誰と心得る、耳を疑うなどそれはナナキに対する侮辱である。誇り高きナナキがそれを聞いたのだ、聞き違えなどある筈もない。

であれば、ナナキはミーア様に問わなければならないね、友よ。

「これほど高価な、それもこれだけの量を受け取るわけにはいきません」

「あら、物を贈るのに理由が必要なの」

「私は従者ですので」

主と同じ瞳、蒼星石がナナキを見ていた。睨み合いとまではいかないけれど、どちらも目を逸らすことはなかった。たとえ主の妹君で在っても、このナナキの誇りを軽んじるのであれば容赦はしない。敬愛なるお母様より頂いたこの誇り、これはナナキそのものなのだから。

「恐ろしい瞳ね」

やがて諦めたように息をつき、ミーア様が口を開いた。

「私は決闘に負けたけど、貴女に対する不当な給料は納得がいっていないの。雇用の継続は構わない、けれどやはり不当の扱いは許せない。ナナキ、貴女は優秀よ、恐ろしいほどにね。だから私は貴女にこれらを贈るの。自分のために。これは私の自己満足、これで良いかしら」

彼女はそれを自己満足と呼んだ。笑止、それを誇りと言うのだ。それを尊ぶこのナナキがそれを汚せる筈もない。応えなければいけない、誇り高き彼女に。

「ありがとうございます、ミーア様。不肖ナナキ、これからも努めて参ります」

「ええ、そうしなさい」

綺麗だと、そう思うのだ。見ていて心地の良いそれは、亡き母が教えてくれた大切なもの。やはり彼女は好ましい、誇りを持つ者はかくも美しい。主に出会い、ミーア様に出会った。この出会いに感謝をするのなら、精一杯にお仕えしよう。それが返礼となるだろう。

「まあ次の休みにでも好きなものを着て出かけなさい」

「はい、頂けたら」

「頂けたら？　どういうこと？」

うん？

「言葉通りの意味ですが」

「あのバカ兄を呼んできなさいッ!!」

目の前に鬼が居た。

ナナキの休日

何があっても朝は来る。

寝惚け眼《まなこ》で顔を擦る紳士の皆様。まだお休み中の淑女の皆様。早起きなジェントルマンから今から眠るいけないレディまで、おはようございます。朝です。そしてナナキです。日の出の時刻、それすなわちナナキの一日が始まることを意味する。

素早くふかふかほわほわの寝具から離脱し、給仕服を――――着ない。

一つ、世界の皆様にご報告を申し上げます。ナナキ、本日はお休みです。そう、休日を頂いたのです。爽やかな朝からがっかりさせてしまい申し訳ナナキ、どうかお許し頂きたく。

どうしてそのような経緯に至ったのかはミーア様の一言が全てを伝えてくれると思う。

ナナキが未だに休日を頂けていない事実を知ったミーア様は鬼気迫る表情で主にこう言った。

『――――訴えられたら勝てないでしょうッ！』

そこから先は聞くも涙、語るも涙の悲しい物語となる。ミーア様をご機嫌ナナキにさせるどころか、酷く不機嫌にさせてしまった。それを謝罪する間も頂けず、即刻に休みを言い渡されてしまった。不甲斐ない従者に主は呆れてしまっただろうか。

今ナナキが主のためにできるのは、しっかりと休日を過ごすことだろう。これで給仕服を着ようものならミーア様は更に機嫌を損ねる。それは主の望むところではない筈だ。

以上の点を踏まえ、有意義に休日を過ごすのが本日の目標となる。

従ってこれよりナナキは帝都へ向かおうと思う。理由は幾つかあるけれど、第一に追手のことだ。エンビィと戦ってそれなりに経つが帝都に動きはない。あれで諦めた、などと楽観的に考えられる相手ではない。エンビィの言った通り、これは呪いなのだから。だからこちらから様子を見に伺おうと思うのだ。

そして第二に予言についてだ。これについては恐らく探っている余裕はないだろうからできたら程度の気持ちだ。帝都に入ると同時に魔力や気配は極力消す予定だがあの五帝を容易に誤魔化せるとも思えない。余り期待はしない方が良いだろう。けれど、どうにも胸騒ぎが収まらないんだ。あの予言に何かこう大きな違和感を覚えてから。

一先《ひとま》ずは以上となる。友よ、何か質問はあるだろうか。なに？　ご飯？　そんなものは途中でネズミでも捕まえてしまえば良い。帝都までの距離はかなりある。その間に幾つかの森も在った筈だ。文明生活に慣れたのは確かだけど、ナナキは未だ森の王であることを忘れないでほしい。

余所の森では知らないがナナキの育った森では全ての動物がナナキを見たら逃げ出す。食物連鎖の頂上を超えた超常なナナキを甘く見てもらっては困る。霊長類以外は基本的にナナキのご飯と成り得る。このナナキが食事に困ることはない。

さあ、疑問が解けたのならそろそろ出発としよう。

身に着けるのは先日ミーア様から頂いたばかりの衣服。なるべく目立たないような恰好が望ましいのだけど、ナナキのこの黒い髪は嫌でも目立つ。それならば気にするだけ無駄、幸いにもナナキの顔は五帝や帝国騎士の上位に位置する者たちしか知らない筈だ。何せ雷の如く駆りるこのナナキを認識できる人間は少ないからね。

以上の理由から、帝都でも比較的よく見かける服装の真似をすることにする。せっかく頂いた服の数々だけれど、ナナキは動きやすければそれで良いと思ってしまうのだ。センスとかそういうのはどうでも良い。頂いた服の中からボーダーのシャツに動きやすいデニム、実に簡単でナナキ好み。最後に頂いた帽子を被る。この黒い髪とナナキの顔を隠せれば良いと思ったのだけど、髪に関してはこの長さでは気休めにしかならないかな。

一先ずはこんなもの、姿見の前に立てば帝都で一人や二人は居そうな見事な小娘の出来上がり。帝都の人々はもう少し色々と小細工を弄してお洒落だった気もするが、ナナキは元が美人なので問題なし。さすがはナナキ、美しいお母様の娘。世界一可愛い。

せっかくの恰好なので、鏡に映る自分を褒めておいた。どうせ友しか褒めてくれないからね。

「それじゃあ、行こうか」

待ちくたびれて半分寝ていた友に声を掛けて、いざ出発。

果たして、鬼が出るか蛇が出るか。

◇

この時季に珍しい快晴の空の下で立ち並ぶは黒曜のペンタゴン。八重にも重ねられた五角形、その中心にはこの大陸で最も尊いとされる御方の社が在る。八重のペンタゴンはそれぞれに階級を持ち、より優秀な人間であれば安全で便利、栄光が待っている内側の五角形へと進むことが許される。

ここは才能の終着点。周囲から天才と呼ばれる者たちとその家族。そして何かしらの功績を以して在住を許された選民。並みであることの方が珍しいと言える。

「中身を検《あらた》めやすいよ――――通行証の――――」

堅牢なる五角形の上空は感知魔法と結界魔法、そして対空魔法のオンパレード。それを突破することは容易いが、ナナキはここに戦争をしに来たのではない。正面から堂々と入らせて頂く。ペンタゴン唯一の安全な入口には八名の帝国騎士。商人やら地方の貴族やらと、誰も彼もを差別せずにチェックしていく。

目にも留まらぬ速さで駆け抜ければ突破は容易い。けれどここから先、一度でも魔法を使えばナナキの存在は帝都中に知れることとなるだろう。今は上手く偽装しているが、一瞬でも剝がせばそれを見逃してくれる相手ではない。ならばどうするか。簡単なことだ。

「おい――――あれ？」

「どうした？」

「い、いや何でもない」

堂々と、小細工なしに通り抜けた。

これは速さではない。ナナキが生きるために一番初めに身に付けたものと言っていいだろう。身を守り、奇に襲う。気配を殺せない生き物はあの森では生き残れない。ナナキがまだ弱かった頃はお母様が戻ってくるまでは息を殺して隠れていたものだ。今ではこうして歩きながらでも気配を殺せるまでになった。

人は科学を捨ててしまった。魔法に走ったからこそ、ここにはアンティークな監視カメラは存在しない。誰も彼もが魔力の総量で人を誤認する。瞳で見たとしてもそこに魔力と気配がなければ錯覚してしまうのだ。魔法一途というのもいかがなものだろう。

検問を突破すれば、そこは一番外周のペンタゴン。階級的には最下層にあたる外周だが、人口は一番である。多くの人々が忙しなく行き来している。懐かしい光景だった。昔のナナキの居場所。気付かれてはいけないのだけど、自然と笑みが浮かんでくるのだから仕方がない。

隠密のナナキスマイル。帝都の皆様、ナナキです。

当然、誰もナナキのことを雷帝ナナキと気付く筈がない。すたこらと歩いていく帝都の民たち。その中に気配を殺しつつ交じる。少し歩いたのなら気配を戻し、自然な塩梅へと偽装すれば立派な帝都の民だ。ちょっとナナキが通りますよ。

表面上は平和そのものと言ったところ。けれどその実はペンタゴン城壁の上に相当数の人員を割いている。突破されるとしたら上空、これは当然と言える。しかし帝都もその弱点を理解しているが故に多くの迎撃システムが存在する。

だというのにこれだけの人員を壁上に配置している理由は恐らく――――

「敵襲――――ッ!!」

叫び声と共に帝都の対空魔法が火を噴いた。

夥《おびただ》しい数の対空魔法が上空へと伸びていく。その標的となるのはたったの一人。その髪はナナキやアキハさんと同じ、漆黒であった。迫りくる対空魔法を鮮やかに避けては追撃してくる帝国騎士たちに見事な一撃を続け様に入れていく。

「ハハハッ!!　お出ましかライコウッ!!」

警報が鳴ってどれだけ経っただろうか。それでは遅すぎるよライコウ。常人より速いのは当たり前。偉人より速いのも当たり前。諦めるならばせめてナナキと比べる段階になってからにした方が良い。

「また貴様かァッ!!　だからガキは好かんのだァッ!!」

武帝ライコウ。単純明快な剛力無双。武器は己の身体一つと非常にわかりやすい。遠距離魔法には一切頼らずに戦闘は全てインファイト。身長およそ二百三十センチ、筋肉武装が自慢の巨人。その打たれ強さは魔法を使わないことを前提にすればナナキでも苦戦するだろう。

「来いよライコウ！　今日こそお前に勝って俺も五帝だッ！」

「抜かせぇッ!!」

また過激な青年が現れたものだ。ナナキのせいだとは思いたくないので、ささっとこの場を離れる。五帝に挑むのであれば少なくとも神の一人や二人は連れてくるべきだとは思うけどね。才能を感じる動きではあったけれど、ライコウには遠く及ばないだろう。

「お前のような賊紛いの小僧に五帝が名乗れるかあッ!!　とっとと捕まれッ!!」

「賊とはなん――――ごえぇッ!?」

直撃とは。お悔やみ申し上げる。

そしてだ、友よ。今ナナキへと向かってきているこの死体をどうしよう。なに？　生きているかもしれない？　ライコウの拳ならば死んでいてもおかしくないのだけど。まあそんなことよりもだ。ここで派手な動きをすればナナキはどうなるだろうか。

何せライコウの目の前だ。本人ですら周りを見ずに吹き飛ばしたことを後悔している様子。そう、ライコウは遅い。つまりナナキに死体がビットインするのは避けられない。せめて可愛い声を出して偽装しよう。まさかナナキが可愛い声を出すとはライコウも思うまい。
三、二、一、着弾。
「きゃ――――ぐえぇッ!?」

エンビィ会話講座

「おおっと!?　悪いな!　生きてるか?」

「……お構いなく」

ライコウの一撃を食らってよくもまあ無事でいるものだ。ナナキと衝突すると彼はすぐにその身体を綺麗に回してみせて吹き飛ぶナナキの後ろに回って勢いを止めてくれた。なかなかに紳士的な青年だった。咄嗟に魔法で庇ったのだろう。けれどそれでどうにかなる程度の威力ではない。恐らく防御の系統がずば抜けて得意なのだろう。

「やるなら空だろライコウ」

「やかましいわッ!!　貴様が呼び捨てるなッ!!」

お礼を言う間もなく二人は空へと上がっていた。これはナナキにとって好都合。激しい戦いに周囲の人間たちは二人を目で追っている。ナナキのことなど誰も見ていない。すぐにこの場を離脱する。気配を殺して歩く。目立ちたくなければここで急いではいけないのだ。

ナナキが走り出すのは帝都の民たちが危険性に気付き避難を始めてからだ。ライコウの口ぶりからしてあの青年は何度かこの帝都を襲撃しているのだろう。だからと言って警報が鳴っているのに避難をしないのはどうかと思うけれど。

ともあれそそくさと退散。一般通行ナナキ。

「そこの可愛いお嬢さん、一緒にお茶でもどう？」

やや、これは大変だ。さすがはナナキと言ったところか、お茶のお誘いを受けてしまった。そうだね友よ。一先ずはこの場を去ろう。もちろん、魔法を使ってだ。ここで彼女とやり合うつもりはないからね。あの建物の屋上が良いだろうか。

「誤魔化せませんでしたか」

「無理無理。他の三人ならともかく、私はね」

即座に目に入った建物の屋上に移動した。雷を纏っての移動、これでナナキの存在は知れたことだろう。しばらくして追いついてきたのは先ほどのお誘いを頂いたレディ、炎帝エンビィ。ナナキの心の姉であり、少し前に剣を合わせた相手でもある。

「元気そうで安心しました」

「おかげ様でまだ本調子じゃないけどね。顔が見られて嬉しいよ」

「私もです、エンビィ」

「ただまあ、一応目的だけは聞かせてもらおうかな。いくら可愛い妹でも、そこはね」

敵同士であることはわかっているけれど、ナナキはこの関係を肯定した。だから今はその気高い誇りを前にしても笑っていられる。

「こないだの可愛いメイド服じゃないね。帝都には何をしに？」

「治安が悪くなっていると聞いたので様子を見に来ました」

「ああ、レオンのことか。まあ、次の五帝候補だよ。一応ね」

なるほど、五帝候補。あの青年が帝国騎士の鎧に青の外套を身に着けていたのはそういう理由か。五帝は赤地に金の紋章、五帝候補は青地に銀の紋章がこの帝都での習わしだ。通常の帝国騎士と魔法士には外套は贈られない。あれは才能を示す一つの基準、そう易々とは身に着けることは敵わない。つまり、ライコウと暴れていたあの青年はそれだけの才能を有しているということだろう。

しかし、そうなるとわからないことが一つある。

「ライコウには賊と呼ばれていたようですが」

「残念、そこまでは話せないよナナキ」

当然と言えば当然だ。立場もある。そして何より――

「離れろエンビィッ!! また一人で無茶をしおってッ!!」

「よりによってシルヴァの居ない時にッ……！」

武帝と天帝の到着だ。

「お久しぶりです。ライコウ、サリア」

「ぬああああああああッ!!」

問答無用であった。太すぎる剛腕がナナキへと迫る。二メートル三十センチの長身から叩きださ
れる一撃の破壊力は誰でも容易に想像がつくだろう。それに魔法と神の力を足せば武帝ライコウの
力が再現できると思ってくれて構わない。

けれど、その愚直な一撃がこのナナキに届くことは未来永劫にないだろう。一歩でライコウを通り抜ければ、次はサリアだ。天帝サリアの役目は後方からの大火力、広域殲滅こそが真骨頂。得意ではない近接戦闘でこのナナキに勝てる筈もない。サリアがようやく剣を構えた頃には同じように通り抜けた後、その綺麗な首筋を撫でたのはとても簡単で、わかりやすい勝利宣言。

「戦うつもりはありません。ライコウ、サリア」

「ぬおおおッ!!」

聞く耳はない様子、言葉が通じないのであれば仕方がない。理解されないことには慣れている、だってナナキは特別なのだから。

証明として、振り上げられた剛腕を片腕で止めた。魔力の総量に互いが従える神の力、そして才能。全てがナナキに劣るライコウがこのナナキに単騎で挑むなど無謀。お母様の娘であるこのナナキが、それほど脆弱に見えたのだろうか。だとすればそれは耐えがたい屈辱となる。

「何が戦うつもりはないだ! こうして帝都に――――」

「――――戦わないと言っている」

けれど、それでも向かってくるのなら。

「それでも立ち塞がるのならここで死ね、ライコウ」

覚悟をすることだ。

「……………なんというッ」

ナナキの意志は見せた。後は貫けば良い。五帝と称されるその才能であれば見えるだろうライコウ。この魔力に怯《ひる》まずに向かってくるのであればすぐさま逃げよう。ナナキは本当に帝都で戦うつもりはない。いつか呪いとして追ってきたその時にお相手しよう。

「ぬう……ッ!?」

「ナナキの魔力が前よりも……!?」

「いや成長期だしね。むしろこれから伸びていくでしょ。忘れてるみたいだけどあの子まだ十六歳だからね」

そうだとも。ナナキはまだ十六歳。これから魔力はまだまだ増えるし身長も伸びる。そして胸だって大きくなるだろう。そうすればナナキがエンビィから教わった言葉遣いを乱すこともなくなる。大変に良いことじゃないか。ぜひそうなるべきだ。

「……とにかくさ、戦闘はやめようよサリア、ライコウ。三人でナナキに勝てると思うか？」

「臆したのかエンビィッ!!」

「一人で挑んでコテンパンにやられたからね。私は本気のナナキを知ってるんだよ」

「帝都でのあれが本気ではないと？　冗談でしょう……？」

「あの魔法は帝都を消し飛ばせるくらいの威力があったね。ハイエント＝ヘリオスが復活に一週間も掛かるほどの威力だ。今ここであれを使われたらお手上げだよ」

少しだけ話を盛っている。確かに帝都を吹き飛ばせるかもしれないが、これだけの広大な範囲となるとすぐに放つことはできない。これは話し合いの機会をくれるということで良いのだろうか、エンビィ。だとすればその優しさに感謝を。

エンビィの話を聞いたライコウとサリアは顔を見合わせ、やがてその手を降ろしてくれた。

「戦闘の意志は一切ありません。帝都の様子を見に来ただけです。こっそり見ていくつもりだったのですが、エンビィに見つかってしまいました」

「帝都を捨てた貴女がどうして帝都の様子を気にするの」

「少し気になることがあるのです。サリア」

「それは――――」

ふと感じた大きな魔力。シルヴァ……ではない。これは……ああ、さっきの彼か。

「逃げてんじゃねえよライコウッ!!　敵前逃亡たあ武帝の名が――――」

「少し大人しくしててくれ」

「――――なぐぇッ!?」

先ほどの青年、確かレオンと言っただろうか。ライコウを追ってやってきた彼を即座に捕まえて拘束するエンビィ。ライコウのスピードではなかなか捕らえることができなかった彼をエンビィはすぐに拘束してしまった。踏むのはやりすぎだと思うけれど。

「痛たた……あれ、さっきの帽子の……？」

どうやら印象に残っているらしい。先ほどはどうも、ナナキです。

「話がややこしくなるから寝ていてくれないかレオン」

「酷いこと言うなよエンビィの姐さん。敵だって言うんなら俺に任せてくれよ。すぐにその帽子を取って組み伏せてやるぜ」

「足で踏まれて拘束されてるくせにすごい自信ね。良いわ、じゃあそれは敵よ。早く捕まえなさい」

「了解ですサリアの姉御。それじゃあ早速……」

「おいおいサリア……」

「良いじゃない、レオンにとっても良い経験になるでしょう」

ナナキの意見は？

そう尋ねるよりも早く、エンビィの拘束から逃れたレオンなる青年が肉薄してきた。

五帝候補レオン。見たところ神を連れていないみたいだけれど、それでこのナナキと渡り合うつもりなのだろうか。確かに筋は良い、けれどまだまだ課題も多いだろう。このナナキに挑むには早すぎる。

「――――どこ見てんだよってなぁッ!?　なんで避けられて……ッ」

良いだろう、先達として教育をしてあげることにする。回り込んできたレオンにご挨拶、どうもナナキです。よろしくお願い致します。

「後ろに目でもあんのかッ!?」

正確には見る必要がない。主張し過ぎるその気配が君がどこに居て何をしようとしているのかを教えてくれる。繰り出される剣はなるほど、さすがに五帝候補となるだけはある。アキハさんよりも素早い剣速、筋力だけではなく技術もある。片足くらいは踏み入っているのだろう、それでもやはり天上には届かない。綺麗な剣筋を指で弾いた。

「なッ」

驚愕の声は聞き飽きた。この一撃を以て、教育は終了とする。後で復習でもすると良い。

「――――へヘッ、危ねえ危ねえ」

「……ふうん?」

そう思って繰り出した拳は突如現れた結界に阻まれた。亜麻色の瞳と目が合うと、どうしてか無性に腹立たしい印象を受けた。

なるほど、これがライコウの一撃を受けても生きていた絡繰りか。ピンポイントで展開する防御魔法、使われている魔力の量も多い。加えてこちらの攻撃を見極める良い眼と反射神経。良い才能をお持ちだ。

「なんだよ、そのふーんってのはよッ!」

「いえ失礼、少々侮りました」

「失礼な奴だなお前……」

「ですから失礼と」

五帝候補になれるだけの才能は理解した。それなら、少しだけ本物に触れさせてあげようと思う。どうだろう友よ、ナナキは優しいだろう。

「呆けてんじゃねーよッ！」

言いがかり、ぜひとも訂正して頂かなくてはならない。

飛び掛かってくるレオンの動きに合わせることはなく、また一歩も必要ない。ナナキはただこのまま立ち止まって眺めていよう。五帝候補に選ばれるような人間は、自身を正しく評価できないことが多い。それは偏《ひとえ》に本物を知らないからだ。

だから知ると良い、本物の才能を。

「嘘だろ……おい……！」

繰り出された剣の回数はおよそ二十一、その全てがナナキには届かない。全ての一閃は結界によって阻まれる。それはレオンが作り出した結界とまるで同じもの。動揺は顕著に現れ、まるで確かめるかのように何度も剣を振るったレオンはついにその剣を手放した。

「な、なんで俺の魔法が……」

「簡単なことですよ、五帝候補レオン」

先ほどぶつかった時に紳士的に助けてくれたお礼として、わかりやすく教えてあげようと思う。

「先ほど見せたではないですか、自慢気に」

それが気に入らなかったんだ。一度見れば十分なその魔法で、このナナキに得意顔をするとは良い度胸だと思ってね。

「い、一度見ただけで……？　バ、ありえねえ！」

喚《わめ》いている暇はないよ、五帝候補レオン。今度はこちらから行こう、もう一度試してみると良い。その程度の魔法でこのナナキを止められるのかどうかを。

「――――ッ!?」

一歩で肉薄すれば、レオンは再び結界魔法を展開した。これを避けて別の角度から叩き込むのは容易いが、それではナナキの面目が立たない。従って選ぶべき道は正面突破、受けてみると良い、ナナキの誇りの一撃を。

「嘘だ――――ごぇッ!?」

決着、ノックアウトナナナキ。無論、加減はしているがしばらくは立ち上がれないくらいのダメージは入れた。

「な、なんなんだお前はッ……」

筈なのだけど、お前こそなんなんだ。加減したとはいえ今のを受けて会話が成り立っている？

もしかすると将来は化けるかもしれない。なるほど、ナナキの後釜というだけはあるようだ。

「やはり無理か」

「帽子すら取れないとはね」

ライコウ、サリアの順に奮闘したレオンへとコメントが送られた。さすがは才能の都、その頂点に君臨している者たちは容赦がない。まあナナキも軒並み同じ意見ではあるが。

「というわけだレオン、繰り返しになるが話がややこしくなるから大人しくしててくれ」

「……うす」

「それじゃあ改めて、ここからは話し合いで解決したいんだけど、良いかな？」

ゆっくりと近づいてきたエンビィは、こっそりとナナキにだけ見える位置でウィンクをした。心配をしなくても、ナナキは最初から戦うつもりはないと言っている。降りかかる火の粉を払っただけだ。ということで帽子を取って了承のナナキスマイルでお返しした。

「うおお、すっげえ美人……まな板なのが惜しいな……」

「このクソ野郎ぶっ殺してやる」

「こらナナキッ！　口調ッ！」

それぞれの大事なあれ

「ナナキって……まさか雷帝ナナキ……？」

如何にもナナキである。初めましてだクソ野郎。ナナキがぐっちゃぐちゃにしてやるから覚悟しろ。

「人前で汚い言葉遣いはやめなさいって何度も言ったよねナナキ。さっきの口調は何？」

ちょっとなんのことかナナキにはわからナナキですね、それは。知らナナキとも言えるだろう。

心の姉はお冠であった。これはいけない、綺麗なエンビィの顔が憤怒に染まっている。ナナキとしてはやはりエンビィには笑顔が似合うと思うのだ。であれば、僭越《せんえつ》ながらこのナナキがお手本をお見せしようと思う。笑顔には少しばかり力を入れているものでね。

そういえばサリアやライコウにも笑顔を見せたことはなかったかもしれない。思えば過ごしてきた日々のほとんどは雷帝ナナキとしてのものだった。例外はエンビィくらいだろう。であれば本当のナナキを知ってもらおう。

見よエンビィ。見よライコウ。見よサリア。三帝を制すはこのナナキの笑顔。天地開闢《かいびゃく》のナナキスマイル。今ここに新たな道をこのナナキが開く。世界の皆様、ナナキです。そして五帝の皆様、これが本当の――

「ナナキです」

「笑って誤魔化さない」

「はいッ」

ギルティナナキ。素直にごめんなさいと謝った。

「まさか本物の雷帝ナナキとはね。いいんですかエンビィの姐さん。反逆者の上に同胞殺しだ。こんな和気藹々《あいあい》としてちゃまずいでしょうよ。サリアの姉御もライコウも何で黙ってんすか。こいつは帝都の敵じゃねえのかよ」

「正しく、その通りですよ。五帝候補レオン」

その問にはナナキが答えよう。ナナキは正しく帝都の敵だ。五帝候補レオン、君は間違っていない。

「元五帝のくせに同胞まで殺したってな。どんな気分で殺ったんだよ雷帝ナナキ」

「五帝候補レオン。君はどこへ行きたいですか」

「は？」

「その場所にはこのナナキが居る。ナナキはどかない。ナナキは君を通さない。どうしますか」

「………何が言いたいんだよ」

君はその道を諦めるのだろうか。その誇りを捨てて、戦うこともなく踵《きびす》を返すと。そうであるのなら、きっと君とは何を話しても互いのためにはならないだろう。ナナキには君が何を問いたいのか十分に伝わった。それは確かに心地の良い言葉だろう。安心できるのだろう。

その大義名分があれば皆々様は君の味方をしてくれるのだろう。良かったじゃないか、存分にその権利を行使したら良い。ナナキは既にこの世界を肯定し、受け入れている。この身はこの意志と共にある。だからこそ私はナナキだ。存分に戦えば良い。ナナキはここに居る。

「このナナキに正義を問うな。五帝候補レオン」

それはそちらの世界の理だ。何度も言ったじゃないか、ナナキはずれている。ナナキはそれに価値を感じない。それはなんだ、あれば敵は倒れてくれるのか。道は進めるのか。違うだろう。それは臆病そのものだよ、人間よ。違うことを恐れている、変わることを恐れている。それじゃあ強者にはなれない。

「ならてめえは殺した奴らのことなんかなんとも思っちゃいねえってことか」

「――――何人でも。何十人でも。何百人でも。何千人でも。死ねばいい。私の敵となるのなら」

何だその顔は。優しい言葉を吐くとでも思ったのだろうか。それとも懺悔をするとでも思ったのだろうか。甘えるな。このナナキは予言と呪いが蔓延《はびこ》る世界を肯定して生きている。人と同じであってはダメなんだ。そうやっていつまで同じところに居るつもりだ。

「私には生きる理由がある。生きる価値がある。敵を殺す理由はそれだけで十分です。幾らでも死ぬと良い、私は幾らでも殺そう」

「……狂ってやがる」

「自分の命に価値を付けられない臆病者がこのナナキに意見をするな」

「……てめぇッ!?」

綺麗で心地の良い言葉で何を守れる。その憤怒でこのナナキに証明できるのか。正義こそがこのナナキすらをも打倒し得るのだと。不可能だ、君にその力はない。君はただ攻撃されない位置から攻撃されないことを言っているだけだ。羨ましいよ、楽そうだ。

ナナキはいつだって自分の価値を主張してきた。いつも言っている、ナナキは特別な存在なのだと。そしてそれを証明し続けた。特別だと証明し、強者であると証明し、力があると証明した。そう、ナナキは既に証明を終えている。文句があるのならば証明すれば良い。その正義とやらで。

いったいどちらが狂っているのか。ナナキにはわからないよ。ずれているから。

「さあ、正義の使徒よ。君はナナキの敵か？」

チャンスをあげよう。証明すると良い。もしそれが叶ったのなら誇ると良い。それは君が大変なことを成し遂げた証であるのだから。

「この――――」

「ナナキ。戦いに来たのではないって言ったよね。ならもう帰ってもらおうか」

「……そうでしたね。大変な失礼を致しました。エンビィ」

「このまま逃がすつもりですか!?　エンビィの姐さんッ!!」

「逃げてもらう、なのよ。レオン。情けないけどこれがナナキと私たちの差なのよ」

「サリアの姉御まで……ライコウ!」

ライコウが静かに首を振るのを待ってから、別れの挨拶を告げた。

「それではエンビィ、ライコウ、サリア。そしてレオン。またいつか、雌雄を決するその日にお会い致しましょう」

さあ、帰ろうか友よ。色々と手間が掛かってしまったせいで目的の半分も達成はできなかったが、少しばかりの収穫はあった。有意義と言っていいかはわからないが、懐かしい顔も見られた。ナナキにとってはそれなりに良い休日になった。

「雷帝ナナキ……俺がお前を倒すからな……」

ならばそれまでに自身の価値を定めておくことだ。このナナキより尊く在れ。またその日にお会いしよう、正義と言う名のナナキの敵よ。その生き様に誇りを持つのであれば、しっかりと貫き通してナナキの前まで来い。

敬意を以て沈めてやる。

◇

「ただいま戻りました、我が主。本日は暇を頂いてしまい申し訳ありません」

「いやこちらこそ今まですまなかった。……どうしてメイド服なんだ？」

「マスターメイドですので」

ただいま戻りました世界の皆様、ナナキです。

やはりこの給仕服を着なければ始まらない気がするのだ。もうすっかりと身も心もマスターメイドであると自信を持って良い頃合いだ。であればそろそろ厨房への進出を真面目に検討しなければならない。リドルフ執事長という強敵をどう破るか。腕が鳴るというものだ。

「どこへ行っていたか聞いてもいいのか？」

「少しばかり帝都へ。懐かしい面々に出くわしてしまいましたが」

「おいおい、大丈夫だったのか」

「少々言い合いになった程度です。新しい五帝候補の顔も見られましたよ」

「ということは雷帝は遂に消えるわけだ」

「ええ」

たったの四年だったけれど、その称号を背負った誇りは忘れないでいよう。きっと歴代最悪の帝として名を残すのだろう。もし望めるのなら、一人くらいは帝都のために戦っていた雷帝ナナキの名前を覚えていてほしいものだ。これは贅沢かな、友よ。

「お疲れ様」

びっくりした。

「……まさか労いの言葉を頂けるとは思いませんでした」

「一人くらい労ってやる奴が居てもいいだろう。それくらいの働きはしてると思うぞ」

働き、か。それもナナキの意志に従って行っていたものであり、そこに正義があったのかと問われれば否と言えるだろう。あれは雷帝としてのナナキの義務であり責任だった。だから感謝はおろか、労いの言葉だって本当は正しくないのかもしれない。

「我が主」

「どうした」

「私は主を守るためならば人を殺します。それが知人でなければ、迷うことなく殺して主を救います」

「まるでそれが悪いことだとでも言いたそうだな」

「いいえ。ですが正義を問われました」

「俺の価値は正義という文字より低いか。酷い従者だ」

「まさか。正義は食べられません」

「基準はそこなのか」

やはり、私と主はずれているのだろう。世界から外れることには慣れている。けれどそれが二人で在ったことはなかったから、少しだけ緊張、いや興奮しているのだろうか。

「上げるのは俺。決めるのはナナキ。それが俺たちの間にある価値って奴だろう」

「正に」

「なら見合う間はナナキは俺の剣だ。お前がそう言った。殺してでも助けろ」

「御心のままに」

ああ、やっぱりここなんだ。

私の居場所は。

月光会である

夜の帳は下りた。

今夜の空は美しい。どうか文明の光はご遠慮頂きたい。美しいドレス、凛としたタキシードで着飾った紳士淑女の皆々様を照らすのは月光であるべきだ。妥当ではなく上等を。月夜が照らす草原に響く由緒あるクラシックに誘われて人は踊る。

レディース&ジェントルマン、月光会へようこそ。

「よ、ようミーア！　久しぶりじゃねえか」

「お久しぶりです。ヴィルモット様」

ご覧の通り、我が主はミーア様からの援護射撃を受けた。御家のためになるということで大した反対もなかったそうだ。どうやらナナキが休日の日に勝負に出たらしく、久方ぶりに兄妹二人で一日を過ごしたのだとか。素晴らしい兄妹愛。ナナキも見習おう。

「ヴィルモット、今日は――――」

「ああ、わかってる。約束だ、好きに動けよ」

「感謝する。ミーア、また後でな」

「ええ、お兄様」

我が主にミーア様、互いにそれぞれの役目を果たすのだろう。それはこのナナキも同じだ。ダンスパーティーに個人のメイドがうろついているわけにはいかない。給仕係の者はホストであるヴィルモット・アルカーンが既に用意している。ナナキたち従者はその場から離れて遠くより見守るのみ。

見渡せば誰もが鮮やかなドレスを身に纏って、流れる優雅な音楽に合わせて踊っている。参加人数はおよそ六十名ほどと言ったところだろうか。警護のための騎士や音楽団の方々の方が人数が多いあたり、大きなお金が動いていそうだ。

正に絶好の機会ではあるが、問題もある。主従となったあの日からの逆転劇は鮮やかなものであった。それでも元の場所が低かっただけにたどり着いたこのステージでも主の不利は拭えない。ヴィルモット・アルカーンに招待されたという事実だけで立ち回るのは少々無理があるのだろう。主は未だ声を掛けられてはいない。

対してミーア様はヴィルモット・アルカーンとの会話に専念しているようだ。どれどれ、ナナキの才能を以てして会話の内容を探ってみるとする。唇の動きを追って再現する、それだけ。必要なものは遠くまで良く見える瞳と読解力。それではナナキが参る。

『アルフレイド家を立て直したいなら俺と婚約すればいいとは思わないか』

『はぁ。ナナキ……じゃなくてナナだったわね。来なさい』

『おいおいミーア。従者が居る場所は反対側だ。来るわけねえだろ』

ところがどっこいナナキです。

「お呼びですかミーア様」

「ひぃッ!?」

相変わらず君はナナキに怯えるね、ヴィルモット・アルカーン。想い人の前でくらいは恰好を付けた方が良いのではないだろうか。ミーア様は聡明な御方であるからすぐに見破られてしまうかもしれないが。

「驚かせてしまってごめんなさい、ヴィルモット様。うちのメイドは特別なの」

そうそれ。特別。イグザクトリーナナキ。

やはりミーア様はナナキのことを正しく理解していると言って良いだろう。ナナキが特別であることを証明し、ミーア様がそれを理解した。ナナキが特別であることを妬むことなく認め、その従者を誇るが如く特別であることを告げる。

これにはさすがのナナキもご機嫌ナナキである。ようやくミーア様から信を置いて頂けたと言えるだろう。満天の星に一際輝く御月様。主役はナナキではないけれど、この素敵な舞台に笑顔を送ろう。

満天のナナキスマイル。世界の皆様、ナナキです。

さあ、なんなりとお申し付け頂きたいミーア様。主がお呼びにならない限りは今のナナキには仕事がない。それはいけないことだ。特別なナナキの時間を無駄にしてはいけない。人は死に向かって生きているのだから、死ぬまでにより多くを成さなければならない。

「はいこれ。戻っていいわよ」

キャロット。

「それでは失礼致します」

つまりはヴィルモット・アルカーンに対しての牽制として呼ばれたらしい。お役に立てたのであればどんな理由であろうと結構。ナナキはアルフレイド家に仕えるマスターメイドなのだから。それにしてもこのニンジン。ラビットナナキはもう居ないのですミーア様。

「返事が違うわよウサギさん」

「グゥグゥ」

ぴょんぴょんしながら戻った。

◇

月光会は恙《つつが》無《な》く進行していった。

恐らくはただ一人、この場に相応しくないであろうナナキは大人しく気配を殺すことに努めた。

大自然での成長を恥じるつもりはない。あの日々はナナキの誇りだ。けれど文明社会のルールを否定するつもりもない。ナナキはナナキ。貴族は貴族。それで良いのだ。互いに道がぶつからない限りは。

ここにはフィオさんもアキハさんも居ない。彼女たちはメイドではなく騎士としての従者。この月光会の安全のために草原のどこかに配置されているのだろう。必然として退屈に襲われるナナキが取る行動は一つしかない。我が主だ。

月光会の参加者たちが集っている中央で美しいドレスを着た女性と踊る我が主を見守る。

あれで四人目。最初こそ声を掛けられることがなかったものの、主は積極的に動いて調子を掴むことに成功した。場の空気を形成してしまえば後は何の問題もない。主の容姿を好む女性は多い。現に主の周りには女性を中心とした小さな群れが出来ている。

今日のために着飾った美しい淑女たち。

様々な色合いのドレスに綺麗なアクセサリー。見事にナナキに似合わない物ばかりだね、友よ。

何はともあれ、主は無事に上流貴族たちとの接触に成功した。おめでとうございます、我が主。うん、どうかしただろうか友よ。なに？　顔が怖い？　それはおかしい。ナナキは怒っていない。

顔が怖いと言うのなら解《ほぐ》せば良い。むにむに。

それでは改めて、月下のナナキスマイル。世界の皆様、ナナキです。

「怒ってるのか？」

「笑顔です」

「なんだ、そうか」

「休憩ですか。我が主」

「まあな」

ナナキとしてはよろしくないタイミングだ。けれどそれはナナキの都合であり主の非ではない。まさか主にまで怒り顔と判定されてしまうとはしきりに反省する。

しかしながら、休憩であるのならこのような予備の椅子が置かれている草原の暗がりではなく、中央で堂々とお休みになられるべきだとナナキは思うのだ。ここは私たち従者のような裏方の居場所、主に相応しいところではない。

「主。お休みになられるのならあちらの方に食事や飲み物がございます」

「人の家の給仕は信用しない質でな」

「では私がお持ちしましょう」

給仕係の者たちには申し訳ないが、ナナキは主の従者。最大限の配慮はしよう。気付かなければ失礼があったのだとわからないだろう。迅速に飲み物と軽く食べられるものをまとめて主のもとへ。この会場に居る方々でナナキを捕捉できるのはせいぜいミーア様くらいだろう。

「お待たせ致しました」

「ああ」

本当はこういった休憩の時間であっても上流階級の皆々様と会話をしながらというのが好ましい

筈。それなのに主はわざわざナナキの居る暗がりへ来て休んでいる。悪手である。これは進言した方が良いかもしれない。

「ある――――」

暗がりが闇になった。

敵襲ではない。このナナキの感知を掻い潜《くぐ》って奇襲を成功させることなど誰であっても不可能だ。見上げれば御月様には厚い雲がかかっていた。星の明かりで完全な闇とまではいかないが、それでも先ほどまでと比べると大きく違う。

文明生活で育った紳士淑女の皆々様にはこの暗闇は慣れないだろう。無論ナナキは夜目が利く。夜の森でフクロウとネズミを捕り合った仲だ。最後はフクロウもナナキのご飯となった。ほらね、育ちを恥じる必要はなかっただろう、友よ。

「月が隠れたか。都合が良いな」

「敵は居ませんのでご安心くださ――――都合が良い？」

妙なことを言う。月光会が滞りなく進む方が主にとっては都合が良い筈。このまま御月様が隠れていれば文明育ちの貴族様たちはまともに会話することもできないだろう。何せ相手が誰かわからないのだから。

「――――踊ろうナナキ」

サイレントラヴ

差し伸ばされたその手を払った。

ゆっくりと、優しく、それでも明確な拒否を含めて。その道は間違っている。ならば従者であるナナキが、従者だからこそこのナナキが正さねばならない。これは主従で在ることを誓ったあの日を嘘にしてしまう。月が隠れていて本当に良かった。この現場はきっと誰にも見られていないだろう。

「私は従者です。我が主」

当然のことを口にした。それが意味のない言葉だということを理解しながら。こんな無駄なことをするのはナナキらしくない。だって主は知っている。その上でナナキを誘った。だからナナキが口にすべきはこんな言葉ではなく、もっと明確なものでなければいけない。

その明確さを遮ったのは、多分ナナキの憧れなのだと思う。

綺麗な服を着たい。可愛い服を着たい。誰だって一度は物語の主人公になってみたい。そんな想いが心の片隅でほんの一瞬だけ主張した。王子様と踊れる機会なのだと、今が憧れたそのステージなのだと。従者としてのナナキを、一瞬だけ消していた。これではまるで道化だ。

罰が必要だった。

憧れは心の内にしまっておけばいい。従者の誇りではなく少女の憧れを僅かとはいえ優先した。これは笑えない、余りに酷い有様だ。我が主が貴族である以上、これからもこういった夜会に参加することはあるのだろう。過ちは一度で良い。

――――憧れ《こんなもの》は要らない。

「私が主と踊ることはありません」

だからそれを捨てた。これで良い。

「従者としての矜持か」

「あの日の誓いを違えるつもりはありません。私は主の従者で在りたいと思っています」

これ以上なく、明確に。必要なだけを。

主がどうしてナナキを誘ったのかはわからない。一人立ち尽くすこの身に同情をしてくれたのだろうか。いや、聡明な我が主がそのようにナナキを見る筈がない。優しい御方だから、と。それで済むのかもしれない。けれどナナキがその優しさに縋ることはなく、またその必要もない。

「命令にしたくはないんだけどな。男として恰好が付かない」

「ではお手伝い致しましょう」

要は我が主に恥を掻《か》かせないようにすれば良い。特別なナナキであれば造作もない。我が主は貴族で在らせられる。貴族が己の従者とワルツを踊るだろうか。尋ねれば失笑されてしまうこと間違いなし。しかし、主はナナキを誘ってしまった。ならそれをなかったことにしよう。

「ご覧ください我が主。美しい御月様です」

「不自然な突風だったな」

御月様を隠していた厚い雲にご退場を願った。さようなら、またどこかでお会いしよう。必然として再び照らされる草原。さあ、月光会の再開だ。紳士淑女の皆々様、大変お待たせ致しました。主がナナキを誘えたのは月が隠れ、誰にも見られることがないからだ。ならば御月様に招待状を出してしまえば良い。

「そうか……次の機会にするとしよう」

「お相手は選ばれた方がよろしいかと」

先ほどナナキはしっかりと告げた。このナナキが主と踊ることはない。私たちが主従である以上、その日が来ることは絶対にない。そう、ない。

「選んだつもりだったんだけどな」

「良いジョークです。ぜひあちらの淑女の皆様に」

主のセンスに場の空気はたちまちに和み、互いの関係を築くための良い潤滑油となることだろう。月光会が再開した今、主が居るべき場所はここではなくあちらだ。いつまでもナナキに構っていてはいけない。

「ナナキは元とはいえ大陸最強の五人、五帝だろ。なら相手としては十分すぎる」

「なるほど。ですがその力は従者として手にしていると思いますが」

「力だけはな」

「……他にも望むものが？」

さすがは我が主と言ったところだろうか。思いの外に強欲であった。決して悪いことではない、どころかナナキとしては好感が持てる。使えるものは使う、その必死さは生きていく上でとても大切なものだ。

「…………いや、やめておこう。その日までにもっとマシなジョークを考えておくよ」

「左様ですか」

追及はしない。従者として慎ましく在るべきだ。

少しばかり主と言い合いのような形になってしまった。どうにかしてこの悪い空気を入れ替えたい。いつも通り、笑顔で吹き飛ばしてしまいたい。でもどうしてだろう。今はきっと良い笑顔ができない気がする。友よ、ナナキはどんな顔をしているのだろうか。

その手を払った時からずっと、胸が痛い。

前にもこんなことがあった。確かシエル様に友達になろうと有り難い御言葉を掛けて頂いた時だった。あれは胸がぐにゃぐにゃした。今回は何かに引っ掻かれている。がりがり、がりがりと。ぐにゃぐにゃとがりがり、全然違う。でもきっと、これは同じものだ。

嫌な病気に胸を押さえた。痛い。

「一つだけ聞いていいか」

「何なりと」

「踊りたいとは思わなかったか」

「────思いました」

「十分だ」

主は優しい笑みを浮かべながら月光会の中心へと戻っていく。そうだね、友よ。やはりナナキはおかしい。今の問に真実で答えるべきではなかった。これではまたいつか、主はナナキのことを誘ってしまう。それを避けるために言い合ったというのに。

「────え？」

友の一言。

「……主を」

異性として？

頷く友に目潰し、ナナキフィンガー。そのにやにやした顔が非常に腹立たしかった。よってこれは当然の報いである。反省するように。彼の神話の雷イルヴェング＝ナズグルがのた打ち回る姿は実に滑稽。百神殺しの神様にはとても見えない。

さて、友のことは一先ず置いておく。

問題は友の一言だ。ナナキのパートナーとして主を見定めてみろと、友はそう言った。ナナキもいつかは誰かと結婚し、子を生《な》さなければならない。お母様の誇り高き血統と教えを次の世代、まだ見ぬ時代へと紡いでいかなければならない。

このナナキに相応しい男性を見つけなければならない。

我が主、ゼアン・アルフレイドこそがそれに当て嵌まるのではないかと。友はそう言っている。なるほど、考えもしなかった。主従の契りを結んだナナキと主との間にはもはや他の関係が出来上がる余地などないと思い込んでいた。

ゼアン・アルフレイドは善人だ。そして酷くずれている。目的を達成するための意志は強く、なりふりを構わない必死の強さを持っている。胸に抱く勇と誇りはあの日にナナキへと示された。だからこそナナキと主は主従となった。

問題は多い。

まず我が主には婚約者であるシエル・マーキュリー様がいらっしゃる。正式な婚姻こそまだのようだが、シエル様が主に注ぐ愛情は本物だ。それは出会って日の浅いナナキにでもわかる。彼女はとても気持ちの良い人間だ。ナナキは彼女に幸せになってほしいと思う。

次にミーア様、並びに世間の問題。どう考えてもメイドとの婚姻など前代未聞である筈。ならば雷帝ではどうか。五帝が飛んでくる。つまりナナキには主の隣に立てるだけの相応の身分が存在しない。それではあのお兄様大好きミーア様がお許しになられる筈がない。

ちょっと考えただけでもこれだけある。やはり現実的では――――なに？　ナナキの気持ち？

もちろん好感を持っている。月下で出会った奇縁ではあったが、俗っぽく言うのならば運命を感じた。だからこうしてナナキは主の従者として御傍に居る。共に道を進むことを誓った。ナナキの嘘偽りない本心である。ご理解頂けただろうか。

そうではなくて？　まったく、今日はよく喋るじゃないか友よ。

ナナキだって子供じゃない。君が何を言わせたいのかはだいたいわかっている。でもそれはこうやって気付かないふりをしていた方が上手く収まるものだ。ナナキは今の日々に幸福を覚えている。必要があるのならともかく、むやみに今を壊そうとは思わない。

周囲も時間も立場も関係も、ナナキの邪魔をしてくるだろうから。

だから今はこのままで良い。もしも、どうしても我慢ならなくなったのなら、その時は正々堂々と。いつか来るのかもしれないその日までは従者として在ろう。その日が来てしまえばナナキは従者としては居られないから。これだけ赤裸々に言えば満足だろうか、友よ。

そう、答えはＹＥＳだよ。

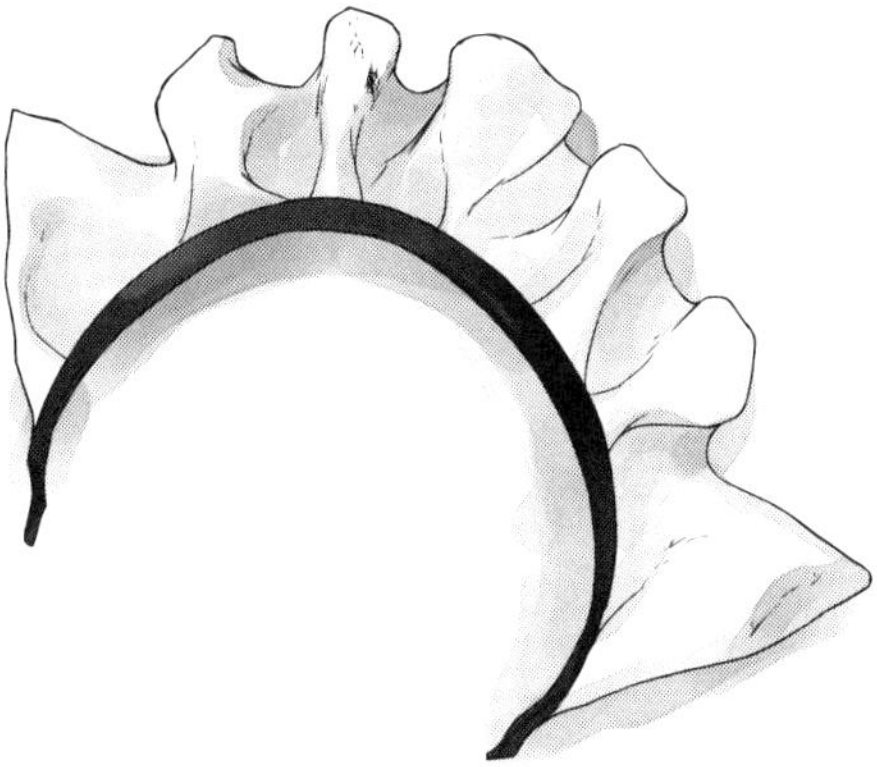

エクストラエピソード

ブヒヒから始まる誇りの日

――拝啓、お母様。

駆けていく風が次第に夏めいて参りましたこの季節、敬愛なるお母様におかれましてはいかがお過ごしでしょうか。きっとこの蒼空の向こうでもお母様らしく振る舞われているのでしょう。お母様の少し意地の悪い、けれども楽しそうな笑顔が目に浮かびます。辛く険しいこの世界のことを、それでも素敵なのだと、疑うことをしなかったお母様の強さはそちらでも健在であるのでしょう。不肖の娘ではありますが、日々その強さに少しでも近づけるように努力しております。

ナナキがこのお屋敷で従者として雇われてそれなりの時間が経ちましたが、最近では従者としての立ち居振る舞いにも慣れ始めたと自覚する次第です。最初こそは掃除に洗濯、その他雑務と小さな業務ばかりを頼まれたものですが、努力の甲斐もあり、今では増えた来客の対応を任されるまでになりました。結果を出せば認めて頂ける。当たり前のことではありますが、それも今の世界では難しいのでしょう。なればこそ、ナナキは良い職場に恵まれました。一層の活躍の機会を頂けたこの御恩には誇りを以て報いる所存です。

ということで、早速ではありますが仕事に取り掛かりたいと思います。

「────いいからゼアン・アルフレイドに取り次いでくれ！」

「申し訳ございませんが、アポイントのない方は通さないようにと申し付けられております」

最近になっては珍しくもない光景。アルフレイドの屋敷の門を叩きながら、主への面会を大きな声で求める男にノーを突きつける。

「お前じゃ話にならん！　いいからお前の主を呼んでこい！」

メイドたるもの、いつ如何なる時にも笑顔を絶やしてはならない。顔を赤くして無茶苦茶を仰るお客様にもナナキスマイルで対応する。さすがナナキ、立派なメイド。

「申し訳ございませんが、お引き取りください」

角が立たないようになるべく優しい声でお帰りを促す。さあさあ回れ右です、小太りのジェントルマン。次においでになる時には是非ともハンカチーフとアポイントをお持ち頂きたい。どうぞお気をつけてお帰りくださいますよう。

「なっ……!?」

一礼をしてみせれば、少しきつそうな紳士服を着た小太りのお客様は驚愕の声を上げた。何に驚かれたのかはナナキの知るところではないが、もしかするとこのお客様は本当に主に会えるつもりでいたのかもしれない。

本日の来客予定はなし、そして申し上げたようにアポイントのない客人は通さないようにと主に言い付けられている。すなわちは、このお客様は我が主にとって必要のない人なのだろう。

ヴィルモット・アルカーンとの決闘以降、アルフレイドのお屋敷を訪れるお客様は目に見えて増えた。貴族同士の決闘は特別な意味を持つとは聞いたが、ここまでの変化があるとは。これはとても喜ばしいことだ、ナナキはきっとお役に立てたのだろう。

けれどこの程度で満足するナナキではない。目指すのは完璧ではなく究極、掃除洗濯料理に接客、果てには戦闘決闘何でもござれのマスターメイドだ。差し当たっては眼前でぶるぶると身体を震わせながら顔を赤くするお客様には早々にお帰りを願いたいところ。

そうだ、せっかくなのでお土産にとびきりのナナキスマイルはいかがだろうか。良き従者であるナナキとしては、せめて笑顔で見送ろうと思うのだ。ナナキの素敵な笑顔を見ればお客様もたちまちにご機嫌ナナキ間違いなし、気持ちよくお帰り頂けることだろう。どうぞ目に焼き付けて頂きたい。

品行方正のナナキスマイル。世界の皆様、立派な従者のナナキです。

「俺を誰だと思っているんだお前っ!!」

怒鳴られた。

おかしい、ナナキは対応を間違えただろうか。友よ、君はどう思う。なに? 豚に興味はない？　こらこら友よ、これは豚さんではなくて人間だよ。ヒューマンだ。確かに少し太ってはいるけれどね。どうでもいい？　本当に君は人間が嫌いだな。もう少しこのナナキのように寛大な心を――

「いいから早くゼアン・アルフレイドを連れてこいっ！　このクソメイドッ!!」

誰がクソメイドだぶっ殺すぞクソポーク。

この誇り高きナナキをクソメイドなどと、食えもしない豚がよくも吠えたものだ。うん？　騒がしいな、どうかしただろうか友よ。ナナキは今あまり機嫌がよろしくない。話なら後にしてもらおう。なに？　寛大な心？　バカか君は、そんなものはクソだ。

「いつまで待たせるつもりだ！　俺はバルディノン・ルガードだぞッ!!」

ぶるぶるとその贅肉を震わせながら怒りの声を上げるバルディノン・ルガードと名乗る男。やれやれ、聞きたくもない自己紹介痛み入る。それではこちらもご挨拶させて頂こう。

「初めまして、この無礼者」

「鏡を見ろ!?」

まったく、注文の多いお豚様だ。本当のことを言っただけなのに怒鳴り散らすとは、程度が知れると言うものだ。仕方なくポケットから折りたたみ式の手鏡を取り出す。鏡に映るものなんて決まっているだろうに。

「天使がいますね」

「太々《ふてぶて》しいなおいッ!?」

そんなことはない。手鏡の向こうに映っているのは彼の大天使ナナキエルだ。試しに手を振ってみれば向こうも振り返してくれた。ほら可愛い、ナナキマジ天使。友よ、君もそう思うだろう？

思わない？　うるせえ思うんだよ。

「そろそろお引き取り頂きたいのですが」

友にも認めてもらったところで二度目の勧告。聞き分けのない豚さんにもわかるように、少しばかりの威圧を込めてお引き取り願う。大天使ナナキエル様が迷える豚の仔を導いて差し上げよう。ブヒブヒと祈ると良いよ。

「ぐっ……覚えていろよこのクソメイド!!」

大天使の威光を前にした家畜にできることはせいぜいが負け惜しみを吠える程度。なんと哀れなことか、せめてもの情けとして大天使ナナキエルは慈愛の心を以て彼を見送ろう。悔しそうに去っていくお豚様に笑顔でFuck you、せいぜい肥え太って死ね。

まったく、品性の欠片も感じられない来客だったね友よ。うん？　ナナキにもないだと。なんてことを言うのこの神様は。ナナキは自他共に認める品格の持ち主だよ。ご覧なさい友よ、この出で立ち、立ち居振る舞いを。見栄えの良い白と黒のコントラストの給仕服、お母様譲りのこの美しき顔立ちも然ることながら、圧倒するは他の追随を許さない万事を超越するこの才能。正しくは従者完成、これぞ世界を揺るがすマスターメイド。その名もナナキである、恐れ入れ。

「フフン！」

胸の前で腕を組み、堂々と鼻を鳴らしてみせた。刮目《かつもく》せよ、これぞ凜々しいナナキの構えであるきりっ。

さあ友よ、確《しか》とその目に焼き付けるが良い。威風堂々、君臨するこのナナキの凜々しさを。いやいや、これはもう凜々しいという言葉では表現しきれないのではないだろうか。従って提示させて頂く言葉は神々しい、ナナキ神々しい。いかがだろうか友よ、神様の君にクエスチョン。

友はナナキを見て鼻で笑った。思わずナナキも笑っちゃう。ンフフ、ぶっ殺すぞ。

なんてことはない、いつものじゃれ合い。今日もナナキと友は仲良しだ。はい、友情のハイタッチ。その大きなお手々にぺちっとナナキ、友情確認。

「さて」

友とのじゃれ合いもそこそこに。無事に無礼者にはお帰り頂いたことだし、優秀なメイドであることを自負するナナキとしては次のお仕事に取り掛かりたいところ。

「なのだけど……」

仕事がない。思わず呟いてしまうくらいには。

掃除に洗濯、庭のお手入れと、任されている仕事は全て済ませてしまった。残っている仕事があるとするのなら、今のような来客の対応やお茶の用意といった突発的なものくらい。優秀が過ぎるのも考えものだ。

優秀なナナキが暇を持て余す、冗談ではない。目的が成ったのなら速やかに補給を済ませ友軍への増援、或いは遊撃に出るのが定石というものではないだろうか。そしてこのナナキは補給も休息も要さない。連戦上等、疾風迅雷を以てお相手仕る所存。であればナナキが向かう先などは一つしかなく、加えて言うのであれば時刻はまるで示し合わせたかのようにしてお昼前。頃合いとしては絶好と言えるだろう。これはもはや運命であるとナナキは確信する。

「ということで、お手伝いに参りました。リドルフ執事長」

「……お、お気遣いありがとうございます。ナナキさん。そうですか、あれだけの仕事量をもう……さすがですね」

「恐れ入ります」

駆けつけた厨房、包丁を片手に微笑むナイスガイにナナキも笑顔で応えた。突然に現れたナナキに驚くこともなく笑顔で迎えるとは、さすがはナナキの上司。感服する次第。しかしながらリドルフ執事長、どうしてか引き攣っているその笑顔ではせっかくの美形も台無しというものだ。どうぞナナキの笑顔をお手本にして頂きたい。

援軍のナナキスマイル。世界の皆様、ナナキです。

「ナナキさん」

「はい」

「適材適所、人には向き不向きがあります」

然り。人はそれぞれ力も才能も様々だ。なればこそ長所に短所、それらを踏まえて采配するのが妥当。無論、それらの把握は一筋縄ではいかないのが当然ではあるが、このナナキの上司であるのならそれだけの器量を見せて頂きたく思うのだ。「私がどれだけの時間を剣の修業に費やしたところで、ナナキさんの足下にも及びません」

然り然り。仰る通り、リドルフ執事長がこれからの人生を全て剣に捧げたところでこのナナキには届かない。そも才能が違い、そも通ってきた道が違う。それは何ら恥ではなく、正しく向き不向きと言えるだろう。

「ですから、剣に不向きな私が剣に時間を使うのはとても無駄な行為だとは思いませんか？　そんなことをしてもゼアン様の役には立ちません」

まったく以て然り。どうぞ武力はこのナナキにお任せ頂きたい。この身は主の御剣、降り掛かる全てを払いましょう。ナナキにはそれができる。その力がある。

「ですから……その……」

しっかり。どうしてか言い淀むリドルフ執事長を心の中で応援。ナナキ優しい。

「――――邪魔だから出ていけということよ」

「あ痛っ」

突然のお叱り。軽い衝撃に頭を押さえた。

「ダメじゃないリドルフ。ウサギさんを厨房に入れては」

麗しの声、と表現するのは詩的が過ぎるだろうか。透き通るような心地の良い声音に振り向けば、そこには呆れ顔のミーア様が居た。主と同じ黄金の髪をサイドで束ね、ナナキを睨むその瞳は蒼星石。その美しい顔立ちにはいったいどれほどの嫉妬や羨望が集まるのだろう。才気ある人間が放つ特有の存在感、常に堂々と在るその立ち居振る舞いたるや、正しく貴族を思わせる。

「いえ、その……す、すみません」

ああ、心優しきはリドルフ執事長。ナナキの方を見て、少しばかり言い淀む彼の気遣いには頭が下がる思いだ。しかしながらこれはナナキの未熟、どうか気にしないで頂きたい。この酷く的外れな、ともすれば人間として認められていない扱いも全てはナナキの未熟さが招いた結果なのである。

「それで？　ウサギさんは厨房で何をするつもりなのかしら。早く出てお行きなさい」

しかしながら、その結果をただ受け入れるだけの軟弱な存在に成り下がるつもりはない。ナナキは人でありウサギではない。ノットラビット。その証拠として人の言葉を以てして、傲岸不遜を体現するミーア様に抗議する。お覚悟。

「ミーア様、再三にわたって申し上げているように、私はウサギではありません。私は人間、ヒューマンです。人類万歳」

思わず両手を挙げて人類賛美、ナナキ万歳。守るべき誇りのために今日も今日とてミーア様に抗議する。届かないと諦めることなかれ、届かないからこそ声を上げるのだと。

しかし、相手はミーア様。残念ながら、言葉一つで思い通りに行く都合の良い相手ではない。

「返事が違うわよ、ウサギさん」

ナナキの主張を嘲笑うかのようにして、依然として変わらない返事が聞こえた。どうやら撤回をする気はないらしく、口元には不敵な笑みが浮かんでいる。

なるほど、相手にとって不足はなし。しかして覚悟をして頂きたい。その程度でこのナナキが怯むことはなく、また、たとえそれが主の妹君で在ったのだとしても、ナナキは人間であることを証明しなければいけない。それはナナキの義務であり、誇りでもある。故に、ナナキは立ち向かおう。そして教えてやるのだ。人の心がわからないミーア様に、このナナキの誇りを教えてやる！

「ミーア様！　いい加減にし――――」

「解雇」

「ギィギィ！」

また今度教えてやる！

◇

「買い物、ですか？」

閑話休題と相成って。

「ええ、ロイヤル・ストリートでケーキを買ってきてちょうだい」

お遣いを頼まれた。手渡されたメモにはとても綺麗な文字でケーキの種類がリストアップされている。さすがはミーア様、文字一つを取っても高い教養が窺える。これはナナキも負けていられない。張り切ってケーキの買い付けに励ませて頂こう。

「承りました。すぐに買って参ります」

「ええ、お願いね」

「はい」

しっかりと頭を下げて再度お返事、居間を出て行くミーア様を笑顔で見送った。

思えば、感慨深いものがある。

最初の頃はナナキのことを目の敵にしていたあのミーア様が、取るに足らない使い走りとはいえ金銭をナナキに預けてくださるのだから。これを信頼と呼ばずに何と言う。後は人間であることを認めて頂ければ万事解決、世はこともなしと大団円間違いなしだ。素晴らしい、ぜひともそうなるべきだ。

では、そのためにはどうするのが良いだろう。はい、ナズグル君。なに？　興味ない？　それしか言えないのかこのポンコツ神様。廊下に立っていたまえ――――あっ待って痛い痛い、叩かないで。

敬意が足りないとぽこぽこされた。

まったく乱暴な神様だ。髪が乱れてしまったじゃないか。メイドたるもの身だしなみには気をつけなければいけないというのに。こんな姿を主にでも見られたらどうしてくれるんだ。

太々しくも鼻を鳴らす友に抗議しつつ、手鏡に本日二度目のお役目をお願い、可及的速やかに髪を整える。どうだろう、おかしなところはないだろうか。元はと言えば君が原因だ、しっかりと確認してほしい。ついでに可愛いと褒めてくれても良いよ。っておいこら、なんだそのため息は。まさかナナキをバカにしているのではあるまいな。

どうやらこの友人には今一度ナナキの賢さを認めさせなければいけないようだ。良いだろう、ならば存分に刮目せよ。これぞ賢いナナキの構えだ。架空の眼鏡をクイッとナナキ、知的なナナキを表現。いかがだろう友――居ないし。

「……何してるんだ？」

代わりに、そこにはナナキのご主人様が居た。ハローマイマスター、知的なナナキです。

言ってる場合か。

「おのれナズグル……っ！」

「ナズ……なんだって？」

「い、いえ」

あの性悪神様は本当にもう。主の気配に気付かなかった自分も腹立たしいが、それ以上に意図してこの状況を作ったであろう友人が憎い。

「あ、主……ええっと……」

おちゃ、おちゅ、落ち着け。まずは冷静に、この誇り高きナナキが慌てふためく無様を晒すわけにはいかない。そうだ落ち着けナナキ、あのくそったれな神様への感情は今は捨て置き、良き主に相応しい良き従者の振る舞いを。

「……失礼致しました、何かご用でしょうか」

時間にしておよそ二秒、ようやく笑顔を作ることができた。ここまで持ち直せれば後はもう大丈夫、ここからはいつものナナキだ。

満面のナナキスマイル。世界の皆様、ナナキです。

「いや、何をしているのかと思ってな」

「たった今ミーア様よりケーキの買い付けを頼まれまして、このメモにあるお店はどこだったかなと考えていました」

一度落ち着いてしまえばこちらのもので、主の問いに対してもこの通り即答できる。まあ少々苦しい言い訳ではあるけれど、咄嗟に考えた言い分としては妥当なところだろう。

と、そう思ったのだけど。

「どれ……ああ、ここならロイヤル・ストリートの北口から入ってすぐのところだ」

すぐに失策だったと思い知らされた。

「北口ですか。助かります、主」

親切にお店の場所を教えてくれた主に深く腰を折り、感謝を伝える。何故ならナナキは主に助けられてしまった。そう、従者が主に助けられてしまったのだ。この間抜け。

「ああ、気をつけてな」

やれやれと、そう思わずにはいられない。

自分の不甲斐なさもそうだけれど、主のそれも問題だ。従者の仕事を助ける主がいったいどこに居るのか。本来であれば主人らしくないとお小言を飛ばすところではあるのだけど。自分に向けられた厚意の言葉を咎めるのも気後れする。良き従者を目指すのであれば、嫌われ役を買って出る必要もあるのだけど。

「それでは、行って参ります」

結局は何も言わないことにした。彼には彼の振る舞い方がある。それに何より、優しい主の振る舞いを、相応しくないとは思いつつ、嫌いではないとも思っている。まったく、優しすぎる主というのもなかなかどうして、対応が難しい。

「気をつけてな」

「はい」

それ、二回目ですよ主。

「困った人だ……」

でも、嫌じゃない。

カチューシャの行方

貴族の都と呼ばれるここフレイラインには、ロイヤル・ストリートと呼ばれる大通りがある。立ち並ぶ商店は全てが例外なく高級店。扱っている商品の品質、品揃えは語るまでもなく、務めている従業員たちの身なりは清潔、その対応たるや正にプロフェッショナルと貴族の皆様も思わず拍手してしまうほど。強いて欠点をあげるのなら、クオリティ相応のお値段が掛かるというところだろう。

そう、ここがその麗しのメインストリート。

どうも皆様ナナキです。貴族の皆様におかれましてはご機嫌麗しゅう。従者の皆様には労いを。お疲れ様ですお疲れ様です。互いに主人のために尽力致しましょう。

右から左、前から後ろと忙しなく過ぎていく貴族、或いは従者の皆様にご挨拶。礼儀正しいナナキは、駆けていく豪華な馬車にだって手を振ってお見送り。頑張れお馬さん、御達者で。

「さてと」

無事にロイヤル・ストリートに到着したところで、まずはミーア様から受け取ったメモを再度確認。

「ええと……苺のショートケーキにブルーベリーのタルト、がとう……しょこら？」

だれ？

「まあ良いか」

ガトウ・ショコラなるものは存じ上げないが、人名じゃないなら恐らくカルボナーラの親戚みたいなものだろう。パスタを使ったケーキとは斬新だ。ぜひナナキの分も買って帰ろう。もし美味しくなかったら友の口にでも突っ込もう。

それにしても、何だか可愛らしい響きだ。特にショコラという響きが良い。ガトウ・ショコラ。ガトウ・ショコラナナキ。ほら可愛い。すると友はブルーベリータルトナズグルかな。あはは、お似合いだ。実にバカっぽい。友にぴったりじゃな——

「痛ぁいッ!?」

突然誰かに頭を小突かれた。いや、誰かなんて尋ねるのは愚問中の愚問。このナナキの背後をこうも容易く取った上にナナキでなければ死んでいる恐れのあるこの打撃。

「何をするの！」

果たして、振り返ったその先には邪悪な笑みを浮かべるマイフレンドの姿。大きな牙を見せながらゲラゲラと笑っている。

ハイ、マイフレンド、ナナキの友よ。ご機嫌の程はいかがかな。うんうん、そうだろうとも。その楽しそうな面を見ればわかるよ。わかるとも。先ほどもナナキをおちょくり、今もこうしてナナキを小突いて遊んでるのだから、さぞや楽しいことだろう。ナナキ？　ナナキも楽しいよ。いや、楽しみだよ。この買い付けが終わるのが。

普段なら、この野郎ぶっ殺してやるッ！　と息巻くところだけど今のナナキはお仕事の真っ最中だ。ナナキはアルフレイドのメイドとして速やかにケーキの買い付けを終わらせなければいけない。つまりは君に構っている時間はないんだ。

残念だったね友よ、そうそう毎度君におちょくられるナナキではないんだ。今日のナナキは一味違うん――止めろ囓るな、そういう意味じゃない。食うぞお前。友と二人で牙を見せ合った、ガオー。

「……んんっ！」

やってる場合か。

咳払いをして奇異の視線をやり過ごす。普通の人間には神様で在る友の姿は見えやしない。つまりは彼らの瞳に映るのは一人で虚空を威嚇《いかく》するナナキの構えだ。恥ずかしい。

してやったりと笑う友を肘で突いてから歩き出す。これ以上目立たないように慎ましく、従者としての立ち居振る舞いを。

ここは大貴族たち御用達のロイヤル・ストリート。ヴィルモット・アルカーンとの決闘に勝利したとはいえアルフレイドは未だ弱小、大貴族たちに目を付けられては堪らない。ナナキの力を行使すればそれを覆すことは難しくはないが、それを決するは主の務め。ナナキが出しゃばるようなことではない。ナナキは彼の誇りを知っている。それなら口を出す必要はない。それが信じるということ、主従の在るべき姿な筈なのだから。うん、さすがナナキだ。心得ている。

そう気持ち良く、自画自賛をしたかったのだけど。

「……やれやれ」

と、そう呟いてしまうくらいには不躾な視線が多かった。理由としてはとても簡単で、ナナキのこの黒髪が珍しいのだろう。いくらナナキが慎ましく在ってもこればかりは仕方がない。お母様譲りのこの美しき黒曜の髪が多くを惹き付けてしまうのは道理というものだ。加えてナナキの容姿はあの美しいお母様と瓜二つ。異性はもちろん、同性だろうと見惚れてしまうだろう。

しかし、だからと言って不躾な視線をこうも押し付けられ続けるのも不愉快極まりない。ここは一度そこの路地裏にでも逃げ込むとしよう。誰かをヘッドバットしないように、ゆっくりと。

後手に回るのは癪《しゃく》だが、今のナナキはアルフレイド家の従者。問題を起こせばそれは主に迷惑を掛けることになる。些細な私情でその結末を辿るのはナナキの望むところではない。ここは主のために堪え忍び、ロイヤル・ストリートから少し離れたこの薄暗い路地裏を進む。

「～♪」

気分の悪い不躾な視線がなくなれば、人気のない路地裏を鼻歌交じりにスキップ。奏でるのはもちろんお母様がよく口遊んでいたあの曲だ。友と一緒にあっちにランタッタ、こっちにルンタッタ。

時々一回転なんかもしちゃったりして、ストレスにさようなら。路地から路地へ、道から道へ。お母様は言っていた、道はどこまでも続いているのだと。だからいつか必ずたどり着けるのだと。

「…………ふふ」

お母様との思い出に、ふと空を見上げてみた。高く、高くどこまでも。広がる蒼の世界、今日も素敵な快晴が見えた。

「――――ねえ、お母様？」

今もナナキを見守っていてくれていますか？　もしそうなら、ナナキはお母様に尋ねたいことがあります。きっとお母様はお怒りになるのでしょう。未熟とお笑いくださいい、無様とお叱りくださいい。それでも、ナナキはお母様に教えて頂きたいのです。

「ここはどこ……？」

広がる大空にエクスキューズミーナナキ。両手を広げてお空にアピール。助けてお母様。お手々ふりふり。

一言で表すなら迷子なう。ゲラゲラと笑い死にそうになっている友が妬ましい。

気付けばいつの間にか住宅街へと迷い込んでいた。当然ながら見覚えは一切なく、調子に乗って適当に進んだものだから戻りの道も些か不安が残る。

ああ、お母様。どうか迷えるナナキをお導きください。そして友人の不幸を笑うこの浅ましい神に天誅を。

そう願い、再び空を仰いだ時のこと。

「あれは……」

羽音と共に、空から小さな幸せが降りてきた。見覚えのある鮮やかな蒼の羽根。呆気に取られながらもそっと手を差し出せば、指先に小さな重さが加わった。ナナキの指先でピヨピヨと歌う幸せの蒼い鳥と目が合った。

「…………」

お母様すげーッ！

◇

母の偉大さに驚愕することおよそ五分、落ち着いてから改めて。

「お久しぶりですね、お元気でした？」

ナナキの指先で暢気《のんき》に囀《さえず》る小鳥さんにご挨拶。どうも小鳥さん、ナナキの指へようこそ。それとその節はどうもありがとう。おかげ様で素敵な出会いがありました。

果たして、あの日ナナキを導いてくれた彼の鳥と同じ鳥なのかはわからない。けれど、それでもナナキは感謝を捧げたい。別に、本人でなくても良いのだ。もし知り合いなら伝えてほしい、ナナキは感謝していると。

それにしても些か不用心な小鳥さんだ。これが昔のナナキで在ったのなら君はもれなくナナキのご飯になっているところだ。気を付けた方が良い。指の上で忙しなく首を動かす小鳥さんに注意勧告、細やかなナナキの恩返し。

それが気に食わなかったのか、小鳥さんはその綺麗な羽を羽ばたかせて指先から飛び立った。けれど、どうしてか去っていく様子はなく、ナナキの頭上をぐるぐると回っている。或いは、再び誘っているのだろうか。やはりこれはお母様の導きなのかもしれないと、そう思えるだけには気分も乗ってきた。元より迷子、今一度このまま幸せを追ってみるのも面白いかもしれないね友よ。

よろしい、そうと決めれば迅速にがナナキのモットーだ。さあさあ、幸せの蒼い鳥よ。お母様からの御遣いよ。このマスターメイドナナキと神話の雷イルヴェング=ナズグルを導いて頂きたい。それこそが幸せの象徴として古くから伝えられる君の責務ではないだろうか。

ナナキの頭上でぐるぐると回る小鳥さんを今一度見つめれば、まるで想いが通じたかのように小鳥さんは軌道を変えた。そう、それはまるで導きのように。ありがとう小鳥さん。始めよう、ナナキたちの冒険を。

かくして冒険は始まった。空へと羽ばたく鮮やかな蒼の羽、幸せを司るその鳥はナナキたちを導くようにして飛んでいく。そして――

「あっ」

ナナキたちの冒険が終わった。

幸せの蒼い鳥はすぐ側に在った豪邸の敷地内へと入り、そこに生えている大きな広葉樹へと止まった。やあやあ、素敵な冒険をどうもありがとう。ナナキはこの五秒の思い出を決して忘れない。ところで唐突なのだけど、小鳥さんは鶏肉はお好きかな。ナナキは大好きだ。

よりにもよって一際大きな豪邸に入り込むものだから、冒険が秒で終わってしまった。ナナキはアルフレイド家のメイド、余所様のお屋敷に無断で忍び込んではならないのである。ましてや、こんな豪邸を持っている貴族の屋敷に不法侵入をして見つかった日には大事だ。それにこの大きなお屋敷からは手練れの気配を感じる。恐らくは雇われている地方騎士だろう。なかなかに良い気配をしている。

恐らくここは大貴族のお屋敷、万が一があってもいけない。ここは速やかに撤収するとしよう。さあ小鳥さん、君もお母様のもとへとお帰りなさ――

「い？」

思わず首を傾げた。角度にしてナナキ四十五度といったところ。見れば、小鳥さんは木の上で何かをついばんでいる。ナナキはその何かにとても見覚えがあったものだから、思わず身体を斜めにしてしまった。差し当たっては頭の上に手を置いた。うん、大丈夫。ちゃんと在る。けれど、それならあれは何だろう。

「……カチューシャ？」

大自然を生き抜いたナナキの視力はさながら千里眼、大きな広葉樹の枝に引っかかるその汚れた白、カチューシャを見間違える筈がない。

問題となるのは、あの汚れたカチューシャに見覚えがあるということ。明確な既視感、そこから導き出される答えとは何だろう。

「まさか――」

気が付けば、身体が勝手に動いていた。一度の跳躍で塀を越え、整った庭を彩るその広葉樹へとたどり着き、その勢いのまま酷く汚れたカチューシャを枝から取り、着地した。

「……やっぱり」

頭からカチューシャを取り、汚れてしまったカチューシャと並べて見れば一目瞭然だった。同じ縫い目、同じ作り。つまりこれは、あの日ナナキが失った大切なもの。今現在は新しいカチューシャを買って頂いたけれど、これは主とナナキが主従となった証だ。

「良かった……帰ってきた……」

ありがとうお母様、ありがとう小鳥さん。特に小鳥さんには心から感謝と謝罪を申し上げたい。酷いことを言ってごめんなさい、導いてくれてありがとう。おかげ様でナナキは――

大ピンチです。

「ねえ、貴女だれ？」

ふと聞こえた声に振り返る。思い返せばここは豪邸と呼んで差し支えのないお屋敷の敷地内。後先も考えずに飛び込んで良いようなところではない。

「メイド……？　うちのメイドじゃないわよね、貴女だれ？」

綺麗な銀、真っ先に思ったのはそれだった。振り返った先に見たのは長い白銀の髪を後ろで結った幼い少女。美しい紫水晶の瞳がナナキを見ていた。とても目を惹く少女、その上着ている服は黒と白のゴシックロリータ。歳の頃はナナキよりも三つ四つ下くらいだろうか。まるでお人形さんのように可愛らしい少女に初めましてとこんにちは、ナナキです。

「申し訳ございません、無礼をお詫び致します。カチューシャがこの敷地内に飛ばされてしまったもので」

「私は誰かを聞いたんだけど」

もっともだ。

「それと、もしそれが本当なら正面から事情を話して取りに来ればいいじゃない。貴女がしたのはただの不法侵入」

「返す言葉もございません」

「あったらびっくりよ」

決して子供だからと侮ったわけではないけれど、綺麗に論破されてしまった。この少女が言うようにこれはナナキの非。ナナキはこれに対して誇りを以て償いをしなければいけない。

「そのカチューシャ、貴女のものだって証拠はあるの？」

疑われてしまうのは当然だ。本来ならば彼女の言うように正面から堂々と取りに来るところをナナキは我を忘れてしまった。怪しまれて当然、これは甘んじて受け入れるより他にない。差し当たっては誠心誠意、カチューシャの持ち主であることの証明に務めるとしよう。

「ええ、だいぶ前に風に飛ばされてしまったものなのですが。こちらが今使っている新しいものです。どうぞ、作りを比べてみてください」

差し出せば、少女はナナキの手からカチューシャを少し乱暴に奪った。せっかく帰ってきたカチューシャが壊れてしまっては困る。もう少しだけ優しく扱って頂きたいのだけど、今のナナキは彼女に意見する資格はない。お母様、ナナキはやはり未熟です。

「……ふーん。確かにうちのメイドのとは違うし、貴女のと作りも同じね」

どうやらカチューシャの件については疑いが晴れたらしく、やはり少し乱暴にカチューシャを返された。おかえりナナキの大切なもの。帰ったら綺麗にしてあげるからね。

「可愛くないカチューシャね、ダサい」

なんてこと言うの。

「な……んんっ！　まずは無礼をお詫び致します。どうか償いの機会を与えては頂けないでしょうか」

余りの暴言に口を挟みたくなったけれど、すんでのところで咳払い。今のナナキの立場を忘れてはいけない。しっかりとしなければ。

「償うって……貴女、もしかしてここがどこで私が誰か知らないの？」

「はい」

取り繕ったところで仕方がないことだ。素直も何もない。

「素直ね」

「そう、ならまずは自己紹介をしてあげる。感謝しなさい、田舎者さん」

「謹んで、拝聴させて頂きます」

「あら、良い心意気ね。悪い気分じゃないわ」

「恐れ入ります」

白銀の少女は可愛らしく両手を腰に当て、ふんぞり返りながら笑った。

「私は六大貴族が一、エルドラード家が長女、クレア・リリィ・エルドラード。初めまして、田舎者さん」

実に堂々とした名乗り、その幼さで大したものだ。これはナナキも負けていられない、すぐさま居住まいを正し、ご挨拶をさせて頂いた。

「初めましてクレア様。改めまして、ナナと申します。どうぞお見知りおきを」

誠意を尽くすのであれば本名であることが望ましいのだろう。しかし、ナナキの名を出せば彼女も帝国との因縁に巻き込んでしまう可能性がある。詫りは甘んじて受け入れよう。ここは彼女のためにもナナの通名で乗り切ることにする。もう何度目かになるかはわかりませんが、本当の名を偽ることをお許しください、お母様。

「ちょっと、驚きなさいよ」

何に。

「六大貴族よ、私」

そういえばどこかで聞いたことがあるような気がする。確か、主が何かの節に口にしていたような。ともあれ、ここはクレア様に合わせておいた方が良さそうだ。なに、特別なナナキであれば造作もない。要は驚けば良いのだ。

「すごーい！」

「バカにしてるの貴女？」

あれぇッ!?

「とんでもございません。私はただどうにかして償いの機会を頂きたく」

「いやだから私、六大貴族。その娘、長女。勝手に屋敷に入り込んだ輩にお見知りおきも何もないの。わからないかな」

なるほど、クレア様の言い分は理解した。

「つまり、償いの機会は頂けないと？」

確かに非があるのはナナキ、決めるのはクレア様だ。そこにナナキは口を挟めない。いや、口を挟まない。そちらが機会も与えずに脅かすというのであればそれはもう、たった一つの解決手段しか残されていないのだから。

「そうよ――――と、言いたいところなんだけどね。今、貴女からすごい嫌な予感がした。見て、すごい汗でしょう。当たるのよ、私の勘」

クレア様は恥ずかしげもなく汗にまみれた手のひらを見せてきた。それで良い、それは恥じることではないのだから堂々と在るべきだ。

しかし、大した勘を持っている。なかなかに見所のある少女だ。少し鍛えればナナキの育ったあの森でも暮らせるようになるかもしれない。見たところ魔力の保有量も常人よりは多い様子。まあもっとも、貴族である以上そう簡単には魔法は使わないのだろうけど。

「さて、どうしたものかなあ」

可愛らしく再び手を腰に当てて考え始めるクレア様。ナナキとしてはどうにかして償う機会を頂きたいと思うが、全てはクレア様次第だ。それにしても、いちいち可愛らしいポーズを取るのは何故なのだろう。ナナキも真似した方が良いだろうか。それ、可愛らしいナナキのポーズ。

おい何笑ってんだナズグル。

「うーん……あっ！　ちょうど良いところに来た」

可愛らしいポーズをやめて顔を上げたクレア様。彼女が見つめている先に、先ほどの手練れの気配がある。さて、できれば戦闘にはなってほしくはないが、これも全てはクレア様次第。手練れとはいえナナキとは比べるまでもない。そう思いながら振り返った。

「クレア様……？　そちらの方は――――えっ」

聞き覚えのある声だった。だから、まさかとは思ったんだ。けれど、それが本当に彼女だとは思いもしなかったのだ。

風が、駆けた。

靡くのはあの夕焼けに見た綺麗な栗色の髪。あの日にナナキの瞳に焼き付いたその美しい顔立ちは誇りと共に在った彼女のものだった。一言で言えば、嬉しかった。ただ、嬉しかった。

彼女の心は折れていなかったと、彼女の身なりがそれを証明してくれた。動きやすさが重視された軽装の装備。決して質の良いものではなく、ところどころに見えるその傷は一見にしてみれば見苦しいと捉えられるのかもしれない。だけど、それは彼女の輝きだ。とても美しく、価値のあるものだ。

元の主にどれだけの不遇を受けても。決闘の相手に恵まれず大敗を喫しても。あの天上の一撃をその身に刻んでも。

彼女が剣を手放すことはなかった。彼女が誇りを捨てることはなかったのだ。その鎧の傷は、その剣に宿る高潔は、あのナナキの一撃に悔しいという感情を以てして訓練している何よりの証左。

どれだけが、本物《ナナキ》の前に折れていったのだろう。どれだけが本物《ナナキ》の前で崩れていったろう。ナナキは数えない、そんな偽物に興味はなかった。

実力は大きく不足、それでもこの美しい人はナナキを惹き付ける。だから、少し困ったように会釈をする彼女に、ナナキはできる限りの笑顔で応えることにした。

「…………お久しぶりです」

あの日と同じだ。覇気のある、良い声だった。

「ええ」

また会えましたね。誇り高き騎士。

誇り高き君へ

望外の再会には心が躍った。しかし、それが悪い方向に進んでしまうこともある。

「知り合いみたいだけど、貴女この田舎者さんとどういう関係？」

「……以前に話した、アルフレイド家の従者の方です」

知人であることの説明を求められた彼女は包み隠さずにナナキの存在を語ってしまった。つまりはナナキがアルフレイド家のメイドであることがクレア様に判明してしまったということ。

「ああ、そういえばまだどこのメイドかは聞いていなかったわね」

クレア様は綺麗に笑いながらそう言った。年相応の可愛らしい笑顔、と言うには些か邪悪が見える。いけませんよクレア様、笑顔というものは人に輝きを魅せる清く美しいものでなくては。ここはスマイル十一段のナナキがお手本を見せて差し上げることにしよう。

純白のナナキスマイル。世界の皆様、ナナキです。

「なるほどね」

無視された。

「そう、貴女が例のアルフレイドのメイド……」

「例の……？」

会心の笑みを無視されたのはとても悲しい。けれど、それよりも気になったのはクレア様の言葉だ。そういえば、彼女も先ほど〝以前に話した〟と口にしていた。

「気になる？」

どうやら顔に出てしまったらしい。クレア様は意地の悪い笑みを浮かべながら尋ねてきた。まったく、せっかくナナキが先ほどお手本の笑顔を見せて差し上げたというのに。

「差し支えなければ」

「良いわ、教えてあげる」

「感謝致します」

存外に快いお返事を頂けたことに少しだけ驚きつつも、お礼の言葉と共に頭を下げた。

「と言っても簡単な話よ。私はカレンがアルカーンの従者になる前から目を付けていた。ただ、ちょっとした手違いで先にアルカーンに持っていかれちゃったの」

かくして、軽快に語り始めたクレア様。その中にはナナキがずっと気になっていた彼女の名前も含まれていた。

カレン。そうか、彼女の名前はカレンと言うのか。ずっと名前くらいは聞いておけば良かったと後悔をしていた。また出会うことができて本当に良かった。

「でもだからと言って、六大貴族の私がアルカーンみたいなちっちゃな貴族から従者を横取りするのも大人気ないでしょう？　だから仕方ないなで済ませていたんだけどね」

そこで一度区切り、クレア様はナナキを見た。

冷静に考えれば、ナナキの目の前に居るこの少女はこの街に限定すれば、とてつもない存在なのかもしれない。アルカーンを小さいと嗤《わら》う彼女にとって、アルフレイドの家は塵芥《ちりあくた》に見えるのかもしれない。主のためにも、ここは冷静にクレア様のお話を拝聴しよう。

「ちょっと前にカレンがアルカーンから追い出されたと聞いたの。すぐに調べてみれば弱小も弱小、ほぼ没落寸前のアルフレイドの家に仕えるメイドに決闘で負けたって話じゃない。そりゃ追い出されるわよね」

たとえアルフレイドの家をバカにされたとしても、ここで噛みつけばそれは主の不利益になる。

大丈夫、ナナキは冷静だ。そうとも、クールクール、頭にクール。

「ク、クレア様……もう少し言葉を選んだ方が……彼女はその、アルフレイドの方ですし……」

「何よカレン、本当のことじゃない」

心優しきは誇り高き騎士カレン。それに比べてクレア様ときたら大変な居丈高。大きな貴族とは誰もがこうで在るのだろうか。

「まあ結論から言えば、おかしいのは貴女の方だってことよ。そうでしょう、ナナ？」

「……どういう意味でしょう」

「カレンは強かった。アルカーンには勿体ないほどにね。そう、事実カレンは強いのよ。それはもう確かめたの」

なるほど、クレア様が何を言いたいのかは理解した。恐らくはカレンから聞いて興味を持ったのだろう。

「じゃあナナ、貴女はいったい何？」

ナナキです。と言うわけにもいかない。ならナナキが言えることはただ一つだ。自信を持って、堂々とそれを口にしようではないか。

「メイドですよ。アルフレイドの」

「……そう、まあ良いわ。それではナナ、貴女に尋ねましょうか」

言い切れば、クレア様はどうでも良いと言わんばかりに笑みを浮かべた。

「貴女はカレンより強い？」

「はい」

逡巡することもない。気遣う必要だってない。いつだってナナキはそうしてきた。いつだってナナキはそうで在った。私は、特別な存在なのだから。

「フフ、貴女も運が良いわね。カレン？」

「……っ」

クレア様がそう呟くと、カレンはその綺麗な顔を下へと向けた。その面立ちにはあの日に見た彼女の凛々しさは窺えない。

「それではナナ、貴女に償いの機会を与えます」

「感謝致します、クレア様」

カレンとは対照的に、とても明るい表情でそう告げるクレア様に頭を下げた。償いの機会を頂けたということは、今回の件で主に迷惑を掛けることはないのだろう。慈悲を受けるのは弱者の真似ではあるが、事の発端はこのナナキの未熟。ナナキはこれを教訓としよう。

「これからちょうど決闘があるの。貴女は私の従者としてその決闘で勝利なさい」

「決闘ですか」

「ええ」

なるほど、浮かない顔の正体はこれか。

「今回の決闘はね、どうしても負けられない。だからカレンより強い貴女が戦い、勝利なさい」

一転して無慈悲な言葉がカレンを貫いた。誇り高き騎士カレン、どうやら彼女は未だ苦難の中に在るようだ。何の容赦もなく彼女の誇りを傷つけるクレア・リリィ・エルドラードの言葉がその口から出る度に、強く握られたカレンの拳が震えていた。

「今回は相手がちょっと大人気なくてね。なんでも帝都から元五帝候補を引っ張ってきたらしいの。カレンは強いけど、帝都にいた人間に勝てるとも思えない。だからお願いね、ナナ。それが貴女に与える償いの機会。断らないでね」

意地の悪い笑顔、というわけでもなかった。きっと純粋に、思考が人を雇い、切る側の人間なのだと思う。クレア様の言うその決闘がナナキに与えられた償いの条件だと言うのならナナキは別に構わない。

だけど。

「――――貴女はそれで良いのですか」

そう、ナナキが気に入らないのは貴女の方だ。誇り高き騎士カレン。

何を俯《うつむ》いている。何を押し殺している。何を拳を握っている。貴女は今、いったい何をしている。よもや、そんなことで何かが変わるとでも思っているのか。あの日に見た貴女の誇りは確かなものだった。このナナキを前にして、それでも剣を取ったのは何のためだ。目指すものが在るのだろう、辿り着きたい場所が在るのだろう、譲れないものが在ったのだろう。なら何故声を上げない、どうして行動に移さない。

或いは、あの日にナナキが見た輝きは紛い物であったとでも言うつもりだろうか。ふざけるなよ誇り高き騎士カレン、このナナキが貴女を認めたんだ。その無様は許されない、このナナキが許さない。これは勝手な言葉ではあるが、そんなものは当然だ。何故ならナナキは勝者で在り強者、強者が勝手を押し付けるのは世の常だ。

だからナナキも押し付ける。

「それで良いのですか、カレン」

それで良いのかと。

「………クレア様ッ！」

別に、後押しのつもりはなかった。私はただ、彼女に勝手に期待をしただけ。だから、その覇気のある声が嬉しかったのだ。それならば、ナナキのこの問いも愚問となるのだろう。それも良い、それが良い。今一度、ナナキに見せてほしいのだ。その美しい誇りを。

「まあ、このタイミングなのだから何を言いたいかはわかるけど。本気で言っているの？　相手は元五帝候補、だからと言って勝てませんでしたじゃ済まされないわよ。名誉はお金じゃ取り戻せない、わかっているの？」

「承知しています。それでも、どうか私を選んでは頂けませんか！」

その重圧に彼女が揺らぐことはなかった。白銀の少女、クレア・リリィ・エルドラードの紫水晶の瞳にそれはどう映ったのだろう。ただ無謀なだけの愚かな騎士か、或いは不遇を嘆くよりも前へと進むことを決めた誇り高き騎士か。もしかしたら、そのどちらでもないのかもしれない。貴族にとって決闘というシステムが特別な意味を持つ以上、心の在り方よりも結果を問われるのは当然のことだ。

誇りを貫くということは、かくも難しい。折れて堕落の道を辿った弱者諸君にも、どうかご覧頂きたいものだ。お前たちが日々羨んでいるものは、妬んでいるものは、嫉んでいるものは、蔑んでいるその輝きは、どれだけの苦難の先に在るものなのかを。誇り高き者が称えられるのはね、それを捨てずに生きていくことがそれだけ偉大なことだからだよ。

「証明できるの？　カレン、貴女の価値を」

「この命を以て……！」

それはあの日の主の姿と同じ、称えられるべき者の言葉。安定した今を焼き捨てるが如く、それでも彼女は誇りの証明のために、その道を進むことを決めた。そうだよカレン、貴女は人間だ。誇りを穢されたのなら怒らなければいけない、見せつけてやらなければいけない。声を上げることすらしない泥に塗れる弱者たちとは違い、証明をしなければいけない。

「そう、貴女の覚悟はわかった。だけど私は博打をする人間ではないの。だからナナ、貴女に尋ねることにするわ」

「なんなりと」

「カレンよりも強い貴女は、どちらがこの決闘に臨むべきだと思う？　もちろん、アルフレイド家の責任として答えてね。これは償いなのだから」

白銀の少女、クレア・リリィ・エルドラードは今度こそ意地の悪い笑みを浮かべた。なるほど、やはり彼女にとっては決闘の結果こそが全てということだ。それは悪くない、どころか当然ですらある。

見れば、カレンは縋るような目でナナキを見ていた。誇りを示し、そのための命懸けの誓いでも貴族の都合には届かない。けれどカレン、それは貴女の弱さでもある。これまでの間に雇い主たるこの少女に自身の価値を証明できなかったのは貴女の落ち度だ。加えて言えば、クレア・リリィ・エルドラードはナナキが私情で決断を下さないようにアルフレイドの名まで出している。それでもこのナナキに、貴女は縋るのだろうか。問いかけるのに言葉は不要、ナナキを見るその瞳に答えを求めた。

「………………ッ！」

示されたのは彼女の覚悟。とても綺麗な礼であった。良いだろう、ナナキは貴女を見届けようと思う。あの日、私たち主従は証明をしてみせた。だから次は貴女がナナキに見せてほしい。その気高き誇りの証明を。

「カレンさんが臨むべきかと思います、クレア様」

「……は？」

答えてみれば、存外に間の抜けた声が聞こえた。クレア様は心底驚いた様子で口を開いた後、まるで鬼のような形相でナナキに詰め寄ってくる。なんだろう、高い高いでもしてほしいのかな。そういうことならぜひ任せて頂きたい。それ、誇り高い高い。ナナキです。

「ちょっと貴女、何言ってるかわかってる？　アルフレイドの責任で答えなさいと言った筈よ！」

「ええ、承知しています」

「ちょっと……本気なの？」

侮るなよ小娘、このナナキを誰だと思っている。六大貴族だかなんだかは知らないが、アルフレイドに牙を剝くというのであればそれはナナキの敵だ。降り掛かるというのなら払うだけのこと。不法侵入をしてしまった非は詫びるが、その代償が余りに不当であれば容赦なくナナキは嚙み殺す。貴女もこの街で持っているのでしょう、力を。それなら、その本質は知っている筈だ。お互い好きにしようじゃないか。

「……良いわ、言質を取ったもの。貴女が戦いなさい、カレン」

「ありがとうございますッ!!」

その少しの間に、何を思ったのかはわからない。けれど、白銀の少女が発言を撤回することはなく、貴族らしく踏ん反り返ってみせた。その可愛らしい顔がナナキに向けられたかと思えば、再び睨まれてしまった。どうやら嫌われてしまったかな、そんなに怖い顔をしないでほしい。

そんなクレア様には友好のナナキスマイル。安心感に定評のあるナナキの笑顔をお届け。

「ふん、バカみたいな顔」

なんてこと言うの。

◇

証明の場を勝ち取ったカレンは、決闘までの時間をただ目を閉じて過ごした。精神統一、それで良い。彼女はもう、十分に努力をしてきた筈なのだから。今更になって足搔く必要もない。

「来たわね」

やがてやってきたのはこれでもかと言うぐらいに目立つ装飾の施された馬車。造形美も何もなく、それが訴えかけるものはただ一つ。金だ。その悪趣味な馬車がエルドラード家の敷地内に入ってくると同時に、クレア様は呟き、カレンは目を開いた。

悪趣味な馬車はゆっくりと停車し、御者の青年が丁寧にその馬車の扉を開いた。

「待たせたわね！　クレア！」

現れたのは正しく黄金の少女。とても滑らかで艶のある長い黄金の髪、燃えるような赤の瞳はまるでナナキの姉のように綺麗だった。年齢はクレア様とそう変わらないように見える。それにしても異様なのはその恰好だ。身に纏う豪華なドレスには過剰なまでに宝石がちりばめられている。ダイヤ、ルビー、サファイア、エメラルド、アメジスト。その他にも価値のある高級な宝石たちがこれでもかと彼女を包んでいる。ネックレスやピアスはもちろん、ブレスレットから指輪、果てには頭の上にちょこんとのるのは小さな王冠。

「相変わらず派手ね、宝石狂いのエリス」

「当たり前じゃない！　私は六大貴族が一、ローエンベルク家の長女、エリザベート・ローエンベルク！　宝石の女王だもの！」

「それ、自称でしょう。恰好悪い」

「最初は誰だって自称なの。いつかそう呼ばれるようになれば良いのよ、お馬鹿なクレア！」

「誰がバカよ、貴女の方がよっぽど大馬鹿だわ」

「それじゃあ泣き虫クレア。今日の決闘に負けてどうせまたピーピー泣くものね？」

すぐに始まった子供らしい言葉の応酬。主人たちが言い争う中で、互いの従者たちは既に睨み合っていた。

黄金の少女に付き従うようにして馬車から降りてきたのは逞しい男。身長は高く、鍛えられているその身体は戦闘に最適化されているのがわかる。さすがは元五帝候補の一人、脱落はしてもその才能自体は本物らしい。ナナキから見れば可愛らしいその威圧感も、端から見れば険しい山のように見えるのだろう。

「言ったわねこの宝石狂いの大馬鹿エリス……カレン!!」

「やっちゃえドミトリー！」

形式も何もなく、まるで子供の喧嘩と同じようにして決闘の幕が上がった。カレンと、ドミトリーと呼ばれた男は互いに剣を抜き、対峙する。

「すぐに終わる戦いだ。名乗りは必要ないな？」

「終わらせるものか……ッ！」

不躾な言葉、それが合図となった。

先手は元五帝候補ドミトリー。カレンとの距離を二歩で詰め、その白刃を振り下ろした。太刀筋は見事、その一撃は正しく極められた人間のそれだ。その威力は語るまでもなく、たったの一撃で決闘の勝敗が着きかけた。

「ぐッ……！」

元五帝候補、それは帝都の帝国騎士の中でもひたすらに上位。その騎士の一撃を辛うじて受け止めたカレンの態勢はその威力に崩された。必然としてそれは相手の追撃を許すことになる。これで決着、そうとられても不思議ではないほどにカレンの状況は悪い。

「脆弱なッ！」

呆れたようにして声を上げながら、ドミトリーはそのまま追撃へと移行する。元より実力差は明白、その差は大きかった。それでも彼女は、カレンは戦うことを選んだ。彼はそれを知らない、だから彼にはわからない。

一つだけ忠告をしておこう、元五帝候補ドミトリー。

「これで終わりだッ！」

その女性は、天上を目にしているよ。

「なッ……!?」

剣戟、驚愕の声はドミトリーからだった。

態勢の崩れたカレンに今正に追撃を行う筈だったドミトリーが見たもの、それは捨て身で己の首を取りに来る誇り高き女騎士。振り下ろされる剣を防ごうともせずに、その獰猛な剣はドミトリーを狙う。そうだ、彼女には覚悟が在る。目指したものが、辿り着きたい場所が、譲れないものが在る。そのために命を以てして自身の価値を証明しようとしている。

それは、届かないからと逃げ出した貴方が持っていないものだよドミトリー。

「こ、このバカがッ！」

「バカで良いんだッ！　それで勝てるならッ！」

その気迫がドミトリーを上回った。カレンの気高き覇気に気圧されたドミトリーは選択を間違えた。負傷を恐れるようにしてその剣を回避する代わりに、カレンへの攻撃を止めた。互いが持つ覚悟の違いが明確に現れたその瞬間、形勢は大きく逆転する。

「ハアアアァァ――――ッ！」

ほんの一瞬、防御へと回ったドミトリーをカレンは見逃さない。獰猛に、凶暴に咆哮を上げながら、持てる全ての技術、力を惜しみなくぶつけていく。一方で、カレンの決死の一撃を無理に避けたドミトリーは態勢も悪く、その熾烈な連撃に押し潰されていく。血が滴り、弾けていく。それはカレンのものであり、ドミトリーのものでもあった。文字通りの決死、カレンはドミトリーの苦しい反撃を防ぐことはなく、全てを攻撃に回していた。目の前の勝機、それに全てを懸けている。

「こっ……の！　どけえええぇッ！」

「ぐあッ!?」

けれど、それでも届かないのが元五帝候補というものだ。その力は五帝には遠く及ばなくとも、その下で生きる者たちにとっては強大なものとなる。決死、死力、それらを尽くして届かないものは確かに存在する。だから逃げた。そうだろうドミトリー、だから貴方には元が付く。

「この……この俺を……クズのくせしてこの俺を！」

カレンの連撃を押し返したドミトリーは声を荒らげた。格下の地方騎士、それも女騎士を相手に流血する自分。ドミトリーの誤算は一つ、カレンが元五帝候補という肩書きをまるで恐れなかったことだろう。萎縮するどころか死に物狂いで掛かってくるとは思わず、見下して侮った。

「調子に乗るなよこの雑魚がッ!!」

果たして認識を改めたかはわからない。ドミトリーは怒りのままにカレンへと迫る。元五帝候補の全力、それがカレンへと降り掛かる。繰り出される一撃は今までの比ではなく、それを受けるようにして剣を構えたカレン。

「があああぁッ！」

咆哮の一閃、それはカレンの剣を両断した。

「やった！　勝負ありねクレア！」

「…………」

心底嬉しそうに勝利を宣言したエリザベート・ローエンベルク嬢とは対照的に、クレア様は非常に不満そうな表情でナナキを睨んだ。まったく、子供はこれだからいけない。すぐに集中力が切れてしまう。

「目を離さない方がよろしいのでは、クレア様」

「え？」

ナナキは優しいからむくれ面でナナキを睨む白銀の少女に忠告をしてあげた。剣が折れた、それがどうしたというのだろう。確かにその一撃は研ぎ澄まされていて、今のカレンにそれを受けるだけの技術はなかった。結果として、カレンの剣は両断された。でも、断たれたのは剣だ。カレンじゃない。

貴方には見えないのか、ドミトリー。

「ッ!!」

彼女の心がまだ剣を持っているよ。

「死にたいのかこのバカ女ッ!?」

カレンは進んだ。折れた剣を投げ捨てて。

「ここで……ここでまた負けるくらいならッ!!」

それは、彼女の覚悟が本物であることを証明する言葉だった。その言葉に恥じないようにして、カレンは進む。

咆哮を上げて突貫してくるカレンに、ドミトリーは迷わずにその剣を振るった。カレンの右腕が斬り裂かれ、だらりと垂れ下がる。

止まらない。

その次は肩に剣が叩きこまれた。その凄惨さにクレア様は手で口を覆い、エリザベート・ローエンベルク嬢も目を逸らした。

それでも止まらない。

鮮血が舞う中で、三度振り下ろされた剣はカレンの首を狙った。それは焦り。明らかに精度の悪い一撃だった。その鈍い一撃を掻い潜ったカレンの栗色の髪が断たれ、宙を舞う。慌てて切り返したドミトリーの一撃を左腕で受け止めて、カレンは進む。

止まらない、止まらない、その歩みは止まらない。

「ぶ、武器もないくせにどうやって俺に――――」

「私にはッ!!」

遂に辿り着いたカレンを前に、ドミトリーは愚問を飛ばした。確かに今のカレンは武器を持っていない。だけど、そこには確かなものが在る。とても美しく輝く、彼女の戦う理由が在る。どれだけをバカにされようと、どれだけを嗤われようと、届かないその力を目にして尚、失くすことのなかったたった一つのものが、彼女には在る。

「――――誇りが在るッ!!」

繰り出された拳と心の叫び、その左腕はドミトリーに躱される。どれだけを語っても、その実力がすぐに変わることはない。結果として、その一撃はドミトリーには届かない。

「ハ、ハハ……驚かせやがって！」

だから彼は嗤うのだろう。それがフェイクとも知らないで。格下と、そう侮っているから見逃すんだよドミトリー。いいや、元五帝候補ドミトリー。

「よくやったよアンタ！　俺が認めてやるからさっさと倒れろッ！」

「――――ない」

ナナキは、確かにそれを聞いた。

「私が認められたいのは、お前じゃないッ!!」

逆襲の時、振り上げられたドミトリーの剣に合わせて繰り出されたのはカレンの左の拳。距離は十分、元より彼女の目的は距離を詰めることだった。速度も力も足りないその拳をドミトリーが避けることはないのだろう。臆することなく胸を張ると良い、カレン。よくぞここまで場を整えたものだ。称賛に値する。

「――――があッ!?」

これ以上にない最高のタイミング、カレンはそれを見逃さずに握っていた砂をドミトリーの顔にぶちまけた。

「なー!?　ちょっと騎士同士の決闘に目潰しだなんて！　この恥知らず！」

「ダメなんてルールはないでしょう！　宝石狂いは黙ってなさい！」

どうしてか、そういった行為は騎士の間では恥として語られる。けれど安心すると良い、誇り高き騎士カレン。帝国騎士の頂点に君臨したこのナナキが、貴女のその行為を認めよう。

死力を尽くし、足掻くことの何が醜い。何が恥だ。もしそれが禁じられてしまうのなら、ナナキはあの日、この友に殺されている。強大な存在との死闘、それを知らない者が彼女を嗤うことはナナキが許さない。

見れば、友もナナキの隣で誇り高き彼女を眺めていた。君も思い出しているんだね友よ、あの日ナナキと戦ったことを。無様でも足掻き、神様にも噛みついた人間を。君はとてもすごい神様で、ナナキは人間で、それでも死に物狂いで戦った。だから君はここにいる、ナナキはここに在る。

「うるさいうるさい！　こんなの無効よやり直しよ！」

「貴族同士の決闘でそんな言い訳が通るわけないでしょう」

やれやれ、こうも喧《やかま》しくては昔を懐かしむこともできない。せっかく友との素敵な思い出を振り返ろうとしていたのに。

「ですから目を離さない方がよろしいのでは。決着です」

命を懸けて誇りを示した者がいる。子供の喧嘩で見逃して良い瞬間ではない。少し厳しい声になってしまったが、白銀の少女と黄金の少女を窘《たしな》めた。

「が、あ、あああああッッ！」

目を奪われたドミトリーは酷く混乱してその剣を闇雲に振り回した。正に愚策、片方の手で目を擦り、片方の手で剣を振り回す。この場で優先すべきは剣の確保。片手で振り回していては奪ってくれと言っているようなものだ。

「ハアアッ！」

「があッ!?」

カレンは闇雲に振り回されるドミトリーの剣を蹴り落とし、左手で握った。満身創痍、血に塗れた女騎士はその剣をそっと、暴れるドミトリーの首筋へと当てた。

「――――ッッ!?」

「貴方の負けです」

首筋に当たっているであろう冷たい感触は、ドミトリーの敗北を正確に伝えたことだろう。カレンの時とは違い、明確な敗北だ。首筋に剣を当てるという行為は、いつでもその首を刎《は》ね飛ばせたという証拠に他ならない。

「……ふう、辛勝ね」

決着を見届けた白銀の少女は安堵したように呟いた。

「いえ……」

例えばそれが、有無を言わせぬほどの圧倒であったなら、誰もが彼女を肯定し、称えたのかもしれない。言葉にするのは簡単でも、それを貫くことはかくも難しい。それなのに、理解してもらえることなど稀で、多くは軽々しく口にしては笑っている。それを貫く辛さも知らないで、理解されない苦しみも知らないで。一度でもそれを持ってしまったのなら、手放すその日まで苦しみは続いていく。だからこそ称えられなければいけない。それは、酷く大変なことだから。

「大勝ですよ」

だから、それを知るナナキが称えよう。それを持つナナキが伝えよう。貴女の貫いたその輝きがもたらしたこの勝利を。

元五帝候補に勝利する、それがどれだけのことかはクレア様にはまだわからないのだろう。彼女はまだ幼くて、才能集うあの国を知らない。

「大勝……ね」

無論、ドミトリーの油断が大きな敗因ではあるものの、最終的に勝利したのはカレンだ。たとえそれが運であったとしても、胸を張って誇ると良い。誇り高き騎士カレン、貴女に祝福を。

「ドドド、ドミトリー!? 何負けてるのよこのバカ! 間抜けー!」

勝利した者が居れば、負けた者が居る。それは必然で、敗者には決まって困難だけが待ち受けている。元五帝候補ドミトリー、彼は一度逃げ出した。敵わないからと逃げ出して、届かないからと諦めた。だから彼には元が付く。

一方で、カレンは立ち向かうことを選んだ。天上の力をその目にして尚も、彼女には辿り着きたい場所が在った。諦めず、縋り付く。それを無様と嗤うのならば、何を美しいと言えば良いのだろう。

「せっかく価値を証明したのに、死んじゃうの？ もったいないわね」

「……クレ……ア様……」

ぎゃーぎゃーと喚くエリザベート・ローエンベルク嬢を余所に、白銀の少女は血に塗れた従者のもとへと歩いた。その声はとても弱々しくて、今にも消え入りそうな小さなものだった。

一目でわかるほどの出血、このまま血を流し続ければカレンはやがて死に至るだろう。それはナナキの本意ではない。この美しい人を、ここで死なせてはならない。だから友よ、今一度君の力を借りても良いだろうか。きっと、クレア・リリィ・エルドラードもそれを望むだろう。これを以て、ナナキの償いとしたい。

「クレア様、今一度償いの機会を頂けないでしょうか」

「償い？　今ここで？」

「ええ、カレンさんの傷を癒しましょう。それで此度《こたび》の非礼を許しては頂けませんか」

「……できるの？　どう見ても手遅れよ」

普通ならできない、仰る通り完全に手遅れだ。けれどナナキは普通じゃない。とても頼りになる神様と友人関係にある、特別な人間だ。

「どうなさいますか」

「良いわ、それでお願い」

尋ねれば、すぐにそれは返ってきた。

「承りました」

そのアジメストの瞳には、出会った時にはなかった一つの感情があるように見えた。もしそれがナナキの思い違いでないのなら、それは貴女がこの白銀の少女に抱かせたものだよ。カレン。誇ると良い、目が覚めた後に。

さあ友よ、ナナキの願いだ。どうか、この誇り高き騎士に救いを与えて欲しい。

これで友が人を救うのは主の時を含めて三度目だ。それでもナナキの友は力を貸してくれた。友もまた、貴女の放つ輝きを認めたのだろう。今回カレンが見せた誇りは、それだけのものだった。

見る見るうちに癒えていく栄光の傷、こんなものがなくともその勇姿は、誇りは、見た者の心に刻まれただろう。

「本当に傷が……ナナ、貴女いったい……」

「私の正体よりも、エリザベート嬢のお相手をした方がよろしいのでは。従者が主のために死に物狂いで手にした勝利を守るのは、主たる者の務めかと思いますが」

その決着の瞬間を確かに見ていた筈なのに、宝石狂いと呼ばれた黄金の少女は金切り声を上げて決闘の無効を叫んでいる。誇り高き騎士カレンは勝利を以てクレア・リリィ・エルドラードの望みを果たした。従者がその責務を果たしたのだから、その主人もまた責務を果たさなければ道理が通らない。

「偉そうね」

「失礼を」

「でも今回だけは許してあげるし、感謝もしてあげるわ、ナナ。カレンのことはお願い」

そう言って、白銀の少女は綺麗な笑みを浮かべた。それから振り返り、堂々と黄金の少女のもとへと歩いていく。出会ったのはつい先ほどである筈なのに、やはりどこか変わったように見える。ナナキと主がそうであるように、彼女たちもまた真の主従としての道を歩むのかもしれない。心から祝福しよう。

「………貴女は、私の理想です」

クレア様が去ってから、見計らったように声を上げたのはカレンだった。目を向ければ、信念のある瞳がナナキを見つめている。

「そうでしょうね」

「謙遜すらしないのですね……届かない……遠い」

そう、ナナキは遠い。誰で在っても届きはしない。この力は隔絶したもの、故に超越者と呼ばれ神とも渡り合う。この場所に辿り着くのはほんの一握り。いや、それよりも更に少ないだろう。そしてカレン、貴女はきっとその中の一人ではないのだろう。

「追いつきたい……追いつきます……いつか……」

そうだ、それでも貴女は諦めない。あの時もそうして剣を手に取った。そして今日も、その信念を以て貴女は勝利した。貴女の誇りは、覚悟はこのナナキが確と受け取った。だから、ナナキは待っていよう。

「名前を……聞いてもいいですか……全部の……」

誇り高き騎士の細やかな願い。けれど、それを叶えることは今はできない。彼女に教えるのは、ナナキの本当の名でなければいけないと思ったから。だから、その願いには失くした筈のカチューシャで応えた。

「貴女が追いついたと思ったその時に、それを返しに来なさい。カレン」

主から最初に頂いたそのカチューシャはナナキの誇り。とても大切なもの。それをナナキは貴女に預けよう。

「貴女が辿り着いたその時に、私の本当の名を教えましょう」

「行きます……必ず……返しに……！」

酷くボロボロなその様で、誇り高き騎士は既に次を見据えていた。或いは、彼女はナナキに教えてくれるのかもしれない。才能だけが全てではないのだと、強靭な意志から成る誇り高き信念は、ナナキにも届き得るのか、その答えを見せてくれるのかもしれない。

それなら、ナナキは待っていよう。彼女の目指すその先で、誰もが憧れたその頂で。彼女が見失わないように、ナナキもまた在り続けよう。

「――――その日を待っていますよ、カレン」

◇

気力が尽き、静かに寝息を立てるカレンの髪をそっと撫でた。見上げれば、あの日と同じ茜空。この綺麗な赤焼けの空の下、私たちは一つの約束を交わした。

とても素敵な一日だった。

クレア様の厚意によって出してもらった馬車の中で、その余韻ばかりを噛み締めていた。今日という日に見たあの誇りを、ナナキは決して忘れることはないだろう。とても輝かしいその人と、新しい約束もした。これは日々を真面目に生きるナナキへのご褒美なのかもしれない。さすがナナキ、立派なメイド。

「到着致しました」

「ありがとうございます、クレア様によろしくお伝えください」

そんなことを思っていれば、アルフレイドのお屋敷に到着。馬車を出してくれたおかげで道に迷うこともなく、無事に帰ることができた。御者の青年にはとびきりのナナキスマイルでお礼を告げた。何せ今のナナキはご機嫌ナナキなのだから仕方がない。

幸せのナナキスマイル。世界の皆様、ナナキでーす。

「そ、それでは！」

どうしてか、御者の青年は顔を赤くしてそそくさと帰っていった。ここまでどうもありがとう、御者で。

さて、それではこの素敵な一日が終わってしまうまでのもう少しの間、誇り高きマスターメイドとしてお仕事を頑張るとしよう。やる気は十分、ハイテンションナナキだ。差し当たってお料理のお手伝いなんてどうだろう。早速聞きに行こう。

「おかえりなさい、ナナキ。ずいぶん遅かったわね」

足早に厨房へと向かおうとすれば、どうしてかミーア様が門の前で仁王立ちをしていた。

「あ、ただいま戻りましたミーアさ――――」

「それで？　私の頼んだケーキとタルトはどこかしら？」

その瞬間、忘却の彼方へと旅に出ていたとても大切なナナキの使命が脳裏に舞い戻ってきた。おかえりなさい。

どこからどう見てもナナキは手ぶら。賢明なミーア様にはもう察しは付いているのだろう。だからこそ、ナナキがどう答えるのかを待っているのだ。

「二、二秒ください」

「良いわよ。一――――」

実質一秒だった。

全力全開ライトニングナナキ。光の速さで厨房へと辿り着き、とても美味しそうな夕食を作るリドルフ執事長の横を抜け、冷蔵庫から苺を入手。ここに苺があることは知っていた。後はミーア様のもとへと戻りながら、この長い髪をできるだけ短く束ねる。

「――――二。それで、何を見せてくれるのかしら？」

到着。

カレンが諦めずにその輝きで道を切り開いたのなら、彼女の理想で在るナナキはそれに相応しく在るべきだ。ナナキもまた諦めず、貴女の理想として輝きを放とう。

「それではご覧ください、ミーア様！」

わかりやすく、簡潔に。苺のパックを頭にのせて決めポーズ。題して――

「苺のショートナナキで痛ぁいッ!?」

ニンジンが刺さった。

あとがき

この度は、『雷帝のメイド』をお手にとって頂きありがとうございます。

初めましての皆様、どうも初めまして。なこはるです。『小説家になろう』からお読み頂いている読者の皆様、感想や評価、レビューなどいつもありがとうございます。大変励みになっております。なこはるです。そしてTwitterなどで絡んでくださる皆様、なこでーす！　ここでもお会いできて嬉しい限りです。ありがとうありがとう。

まあ、大半の方は「誰だこいつ」か「なんだこいつ」ですよね。とても正常で良いと思います。ただ、私なこはると致しましては、せっかくこうして皆様との縁もできたわけですから、どうせなら「なんだこいつ」ではなく、「なこなこうるせえなこいつ」くらいにランクアップを図りたいわけであります。ともすれば、やはりここは軽く自己紹介をばさせて頂きたいと思う次第であります。よ。

隙あらば自分語りという奴です。

ということで改めまして、なこはると申します。

小説投稿サイト『小説家になろう』様にて２０１６年6月より、拙作『雷帝のメイド』を投稿させて頂き、読者の皆様のお力と応援のおかげでどうにか書籍化へと至った未熟な作者であります。趣味はゲームに読書、創作にゲーム、そしてゲームです。最近ではようやく人理を修復したり、とあるカードゲームでバハムートのキャッチボールをしたり、噂の騎空士になってみたりとソーシャルゲームにハマりつつあります。ですが、私なこはるが真に愛するゲームは人間性が失われると評判のとあるゲームであります。いやはや、無印時代からプレイし続けて幾星霜、おかげ様であとがきにゲームの話しかしない立派なクソ野郎になりました。しかし、亡者とは、つまりまったくそれでいいのだ。サンキューフロム。

とまあ、こんな感じでゲームをこよなく愛するクソ野郎と覚えて頂ければ幸いです。上記のゲームに心当たりのある皆様、いや、貴公ら。ぜひともTwitterで絡んできたまえよ。（ジェスチャー：歓迎）

さて、ここまで自分語りをすれば、もう皆様にも「なんだこいつ」とは思われないのではないかと。やや、初めてのあとがき、自己紹介の場ではありますがなかなかどうして、いざ書いてみればなんとかなるものですね。ともすれば、あとがきを書く才能がなこはるにはあるのかもしれない。

そう自惚れようと思ったのですが、読み返してみたらゲームの話しかしてねえじゃねえかなんだこいつ。

ということで、このままでは大変よろしくない気がするので、そろそろ誰も得をしない自己紹介は捨て置き『雷帝のメイド』のお話を致しましょう。

まずは本作をお読み頂き本当にありがとうございます。力量不足は重々に承知しておりますが、いかがだったでしょうか。少しでもお楽しみ頂けたなら幸いです。

そして次に、大変申し訳ありませんでした。書籍化発表から発売まで大変お待たせしてしまったことをここでお詫び致します。いやもう、本当にすみません。許してください。なんでもはしません。

とまあ、感謝したり謝罪したり本当に忙しねえなこいつと思われていることでしょう。なので、私が伝えたいことだけを書きます。

『ヤスダスズヒト先生です』

はい、以上です。

学生の頃に『夜桜四重奏』に出会い先生を知り、某オンラインゲームでは先生のデザインしたコスチュームを全部持っていたりします。いやまったく、人生とはわからないものですね。まさか憧れの先生にイラストを描いて頂ける日が来るとは思いませんでした。もうこれだけで書籍化をして良かったと思えます。本当に嬉しい。ですが、これ以上私の嬉しさを語っても皆様にも先生にもご迷惑をお掛けするだけだと思うのです嬉しい。残りの気持ちは私の胸の中に大事にしまっておこうと思います超嬉しい。

それで、本作の内容についてですが、やはりその目で確かめて頂きたいのであとがきでは余り触れないでおこうと思います。ただ、もしこのナナキの物語を少しでも面白いと思って頂けたのなら、この先の物語も見守って頂けたら嬉しいです。ぜひぜひ、応援の程よろしくお願い致します。
それでは皆様、長々と失礼致しました。二巻が出せるかはわかりませんが、もし出せたならまたあとがきでお会いしたいものです。御達者で。

なこはる

EARTH STAR NOVEL

雷帝のメイド

発行 ―――― 2017年9月15日　初版第1刷発行

著者 ―――― なこはる

イラストレーター ―――― ヤスダスズヒト

装丁デザイン ―――― ヤスダスズヒト、石田 隆（ムシカゴグラフィクス）

発行者 ―――― 幕内和博

編集 ―――― 加藤雄斗

発行所 ―――― 株式会社 アース・スター エンターテイメント
〒107-0052　東京都港区赤坂2-14-5
Daiwa赤坂ビル5F
TEL：03-5561-7630
FAX：03-5561-7632
http://www.es-novel.jp/

発売所 ―――― 株式会社 泰文堂
〒108-0075　東京都港区港南2-16-8
ストーリア品川
TEL：03-6712-0333

印刷・製本 ―――― 中央精版印刷株式会社

ISBN 978-4-8030-1112-8